Monólogo para una señora de buenas tetas y otros relatos

Monólogo para una señora de buenas tetas y otros relatos

Alex Heny

Publicado por Eriginal Books LLC.
Miami, Florida
www.eriginalbooks.com

Del autor:
Blog: http://havaneroenny.blogspot.com/
Twitter: @HavaneroenNY
Facebook: : https://www.facebook.com/havanero.en.ny
Email: alexxheny@gmail.com

ISBN-13   978-1-61370-074-7

Índice

Prólogo

Conocí a Alex Heny, (su apellido está compuesto por las siglas de «*Havanero en New York*») de manera internáutica, como se entablan tantas amistades en el nuevo milenio. Un día, buscando una receta de cocina cubana, encontré por casualidad su blog. Para los que quieran darse un paseo por allí, lo cual recomiendo, esta es la dirección:

http://havaneroenny.blogspot.com.

Ya metida en lo que su autor describe como un blog *opinionero*, comencé a husmear y no he dejado de visitarlo desde entonces. Sus artículos y cuentos me hacen pasar muy buenos ratos. El estilo de Alex Heny está empapado de sandunga cubana, no importa si está dándoles «carrilla» a los candidatos presidenciales o ensartando una historia en la que la ficción se confunde con los recovecos de la verdad. De modo que es una alegría saber que ha decidido lanzarse de la pantalla a la página, a dar el salto cuántico que significa publicar un volumen de cuentos que compartirá con el mundo no virtual. Aunque espero, por supuesto, que haya en algún momento una edición en Kindle.

Monólogo para una señora de buenas tetas y otros relatos se abre con «Diez pesos» donde la neurosis del período especial se ceba en el protagonista, Cucaracho Martín que con diez pesos convertibles se pregunta qué comprar en la hambreada Habana de los noventa. «Puerco a las tres de la madrugada» nos remite a la misma época, cuando en Cuba se criaban cerdos para suplir la cuota de la libreta y complementar al picadillo de soya, el *fricandel* y otras atrocidades alimenticias. La narración está entreverada con una veta erótica que es la marca de fábrica del autor.

«Frío», un cuento ardiente con reminiscencias de Jack London. Es el monólogo de un estudiante cubano internado en un país europeo, donde ve caer la nieve por primera vez. El país, asume el curioso lector, pertenece al excampo socialista. No se entera el curioso de cuál es, pero tampoco importa. Lo que hace al caso es la aventura friolenta y erótica del cubano en tierras de hielo.

El cuento que da título al libro tiene su sal y su pimienta. Si te gustaron *Cincuentas Sombras de Grey*, te sentirás muy a gusto con esta versión *supersized* y cubanonga hasta la médula. «Trauma» explora la pesadilla de los cubanos que no viven en Cojímar, ni en Cuba. A algunos se nos pierde, en los sueños, el pasaporte. Otros pierden la dirección. «Biografía», mi relato favorito hasta que leí «Historia de maletines», es impactante por el principio y por el fin. No digo más para no echar a perder el efecto.

«Historia de maletines», al que me refería, merece su propia novela, que espero leer un día. El protagonista, poster *child* de la generación de los sesenta, salta de albergues a aeropuertos hasta posarse con el maletín de «lona negra y discretos herrajes de aluminio anodizado», en la tierra que le da abrigo.

«Llueve en La Habana» es un aguacero de nostalgia (nostalgia de recuerdos, no de ganas de regresar), para cualquier habanero de pura cepa: un recorrido en la ruta 37 hasta el Túnel de Línea y más allá, amenizado con música de Carlos Varela. Broche de oro para un excelente libro.

Que a este primer volumen sigan otros (muchos más) de quien se firma *Havanero en New York*.

Enhorabuena.

Teresa Dovalpage,
Taos, Nuevo México,
septiembre de 2015

Diez pesos

Me los había acabado de regalar mi hermano.

Le agradecí. De corazón. *Coño, mi herma, gracias*, le dije. A regañadientes. Porque andaba yo con aquel orgullo idiota que me impedía disfrutar de favores y misericordia. Y eso a pesar de que andaba muy necesitado de ambos.

Nunca le había preguntado a mi hermano de dónde sacaba el dinero. Tampoco lo hice esa vez, ¿para qué?; probablemente hubiera evadido la respuesta con un rodeo alambicado, con esa viscosa retórica de la que no pueden prescindir ni políticos ni abogados, y mi hermano es un poco de ambos.

Además, mi inhabilidad para incrementar mis ingresos no iba a mejorar ni un ápice por saber el cómo, cuándo y dónde de los negocios de mi hermano. No era lo mío ganar dinero en serio. De alguna manera yo había terminado por acostumbrarme a la terrible idea de ser un asalariado, ciudadano dependiente de las iniciativas y éxitos de otros para poder pagar mis propias cuentas; una hormiga obrera, abeja dócil, disciplinado trabajador de vanguardia, buey uncido, *robotnik*, robot. Una mala idea.

Pero con mi hermano no va eso.

Hacía tiempo, un buen tiempo, que él había establecido cuáles eran sus prioridades. La primera de ellas era negarse a trabajar para el puto gobierno, cuya ineptitud para los negocios aborrecía, y cuyo ideario adoraba. Se decía *free lance* y, si bien lo pronunciaba de manera algo rara, lo aplicaba a conciencia.

Sabía él cómo rastrear, encontrar, y hacer suyo el dinero que corría a raudales por las calles de La Habana; no había altura de muro ni profundidad de zanja que le impidiera llevarse entre los dientes su pedazo del botín que, me repetía con aplomo y amplio conocimiento de causa, allá afuera esperaba por quien quisiera ir a buscarlo.

«Mira, mi hermano, para tus gastos», me dijo entonces con expresión solemne en aquella mañana repleta de luz, y me entregó diez pesos, de los equiparables a divisas, equivalentes a unos tres meses de mi salario de ingeniero por esa época. Le agradecí, decía, a trompicones. *Coño, mi herma,* manda cojones, *gracias,* le dije, sin mirarlo a los ojos. Y acto seguido comencé a elaborar el presupuesto de gastos que iba a cubrir con el monto de aquel tornasolado billete de utilería, de ridícula validez local y escandalosa paridad con la libra esterlina, que sostenía entre mis dedos.

Podía comprar cuarenta mamadas de pinga, por ejemplo.

Me habían contado que en Quinta Avenida era posible, por módicos veinticinco centavos de peso convertible, encontrar una joven, quizás bonita, además, que te dijera papi rico —*están en los semáforos*, me habían dicho, *las identificas por la botellita de agua que siempre portan para enjuagar la boca, o el rabo, si lo tienes muy sucio*— y que te la chupan sucinta y eficazmente en un encuentro fugaz, despojado de complicados preámbulos, elaborados cortejos y dilatorias cortapisas; tú me la mamas, yo me vengo, tú me cobras, yo te pago. Simple: con toda probabilidad, el trueque más sencillo y antiguo de la humanidad.

Pero me parecía algo muy idiota —además de excesivo— gastar dinero en lo que yo podía obtener gratis —o casi— de damas que me honraban con su lujuria. Era preferible inclusive dejármela mamar otra vez por aquella señora de nalgas blandas y bollo estrecho, a la que la mandíbula le crujía por una extraña dolencia que le afectaba las articulaciones —el incesante traquetear de los huesos calcificados afectaba mi capacidad para concentrarme en la excepcionalidad y placer del momento—, que buscar el efímero servicio de aquellas pobres muchachas marchitas por el manoseo de turistas tristes.

O tal vez pudiera usar el dinero para comprar un muslo de pollo frito.

La boca se me inundó de saliva al evocar una presa humeante, grasosa, acompañada de delgadísimas, súper crujientes papas, fritas y aceitosas también, y un demasiado dulce refresco de cola o, quizás, una cerveza helada. *¡Hasta pudiera darme el lujo de comprar, no uno, sino dos muslos de pollo fritos, con papas y cerveza!*, pensé. Y esas serían la segunda y tercera ocasión en que disfrutaría de semejante festín.

La primera vez había sido apenas unas semanas atrás. Me había invitado un amigo, que vendía comida robada de almacenes, y que con largueza pagó el consumo del jugoso pollo que engullí con voraz ansiedad y amargo remordimiento, por no estar compartiendo con mi familia aunque fuera las híper saladas papitas fritas que trituraba entre mis dientes famélicos y que en venganza se encajaban en mis encías.

Recolectaba con esmero y dedos brillantes de grasa los últimos fragmentos diminutos que habían caído sobre el plato de cartón y los llevaba de regreso a mi boca. Era observado con curiosidad desde la mesa vecina por una mulata de tetas tan suculentas como el pollo que recién había terminado de devorar;

tetas sabrosas, para ser lamidas como ahora lo hacía a mis grasosos dedos con sabor a sal, fritanga y mugre; tetas de mulata a las que la turgencia tornaba del color de la miel; carne para morder, pezón negro, esponjoso, enorme, sabrosura de mujer.

Me miraba con interés lujurioso, quise creer, siempre creo lo mismo, —¿*te la singarías?*, preguntó mi amigo— y ella sonrió, aprovechando que su pareja, una hombruna lesbiana de hombros anchos y hosca cara de parroquiano de cervecerías, había ido al quiosco cercano a buscar más cervezas frías para aliviar el fogaje de aquella miserable tarde de agosto, y para aflojarle la inhibición a aquella mulata de roja boca carnosa que seguro iba a venirse esa noche fantaseando con mi pinga desbrozando camino en su esfínter. O eso quise creer.

«Claro que sí, me la hubiera singado... pero de gratis», murmuré mientras examinaba los detalles de la estatua ecuestre que decoraba el anverso de mi pequeño tesoro, el billete de diez pesos. Mi hermano hablaba por teléfono y le explicaba a alguien, con lujo de detalles, por qué pensaba que esa persona era, *y tú me disculpas, ¡un tremendo comemierda!*

Encendí un cigarrillo que tomé de la cajetilla que estaba encima de la mesa, disfrutando la textura del celofán que le envolvía.

Me gustaba el diseño de la caja; era sobrio, elegante. De color amarillo en su mitad inferior, discretas rayas negras horizontales sobre fondo blanco cruzaban la mitad superior. Justo en el centro lucía un círculo negro, en el que estaba inscrito un estilizado sello, rodeado de ramas, de olivo tal vez, que cubrían paternales la marca de los cigarrillos y un dibujo de diseño impreciso; la palabra *Habana,* inscrita en un recuadro, servía como base para el escudo de armas. Más abajo, atravesando el diámetro del círculo, en grandes letras blancas de estilo gótico, de nuevo la marca: H. Upmann. Superfinos, decía el *motto* que la secundaba. Y una firma garrapateada. También me gustaba el nombre, H. Upmann. Era distinguido, sonoro, exótico. Adecuado para estos aromáticos cigarrillos sin filtro, de áspero humo alquitranoso, apto solo para pulmones a prueba de tabaco negro.

Me pudiera comprar veinte cajas de H. Upmann, consideré entusiasmado.

Serían veinte días con mi imprescindible provisión de cigarrillos garantizada. Y de primera calidad. Nada que ver con los que habitualmente compraba, a granel, a peso la pieza —peso tradicional, no «divisa»—. Me los vendía una mujer mal teñida de rubio, tan ancha como alta, que entreabría una maltrecha puerta de agrietadas tablas para entregarme, presurosa, acallando a un perro histérico, mirando asustada hacia ambos lados del estrecho pasaje; me entregaba un manojo de informes cigarrillos —tupamaros, los llamaban— hechos a mano con una picadura cuyo sabor me producía náuseas.

Nunca quise saber de dónde provenía ese tabaco; vamos: ni siquiera estaba seguro que era solo tabaco. El humo era repugnante, peor aún que el de la picadura de tercera importada desde Turquía para liar los Populares. Pero, a pesar de ello, me fumaba veinte de esos al día.

O aceite. Pudiera invertir mi pequeña fortuna en comprar cuatro botellas de aceite. El aceite, tan codiciado, tan ausente, que coqueteaba con el estatus de leyenda.

Una nación que, desde que se tiene uso de memoria, fríe en todas sus comidas, y que de repente es privada de las grasas para poder hacerlo, está condenada a la neurosis —cuando no a la neuritis— y la inanición. El aceite —su falta— abocaba a soluciones desesperadas, como escalfar huevos, cocinar sin sofritos, sancochar pescados o hervir tubérculos.

Sin embargo, no había consuelo en ser sanos a fuerza de hambre; las obsesiones no dejaban espacio para pensar en paz.

Un par de meses atrás había visto en una puesta teatral un monólogo titulado *Manteca*. En la calurosa sala un hombre describía con fruición y dramatismo fritangas y recetas. Enfático, se recreaba, nostálgico, en platos de comida que parecían imposibles de preparar si no se contaba con abundante y fragante manteca de cerdo. En el público sonreíamos, con aires de conocedores, y tragábamos en seco.

Al final de la obra yo casi esperaba que alguien, ya estragado por tanta remembranza de comidas imposibles, se incorporara en su asiento y gritara que nuestro, o más bien, el gobierno, era una reverenda mierda; que, acto seguido, con voz indignada, convocara a una enérgica marcha ciudadana, marcha que partiría desde el pequeño teatro, e impetuosa ocupara las calles; que llegara hasta la Plaza de Revolución, a pedir la renuncia de Fideles, Raúles y todas sus mascotas, de una vez por todas, para que en un acto de retribución y justicia fluyera entonces, a raudales, toda la manteca del mundo. Pero, por supuesto, no sucedió nada de eso; al finalizar la obra, solo aplaudimos al sofocado actor —eso sí, con bis—, y nos fuimos a pasar hambre a nuestras casas.

Y yo, pues ni siquiera aspiraba a comprar manteca.

Me bastaba con simple aceite. Ambarino, brillante, de a dos pesos con cuarenta centavos (de los convertibles, por supuesto) la botella de setecientos cincuenta mililitros de volumen, con una deslucida etiqueta sin referencias al origen o pureza del producto. Y ni que tampoco importara mucho eso, por cierto; si freía, era aceite, y eso era todo lo que necesitaba.

Cuatro botellas del maravilloso aceite entonces… ¡Y todavía me sobraban cuarenta centavos!

Pudiera invertirlos en puré de tomate, sopesé; una lata pequeña, quizás. O en un jabón de baño, de esos que vienen envueltos en papel de colores. *Eso es*, me decidí, tiene *que ser eso*: cuatro botellas de aceite, y un jabón de tocador; sabroso, astringente, para lavar mis sudores, los de ella, los sudores del día, y sudar entonces, juntos, los sudores de la noche.

¡Tantas opciones, tanta falta de opciones!, medité filosófico, mientras observaba a mi hermano que, en el portal, hablaba con una mujer que le mostraba algo que traía en una percudida bolsa de tela. Me levanté del butacón, apagué la colilla de mi cigarro en el repleto cenicero, y me acerqué a ver de qué se trataba.

La mujer se sobresaltó, alarmada. «No hay problemas, es mi hermano», la tranquilizó él. Señaló entonces la abultada bolsa que reposaba en el piso, del otro lado de la reja del portal. «Mira», me dijo, «africanas…».

«¿Y eso qué es, papá?«, retumbó en mi cabeza la voz de flautín de mi hija. La pregunta me la había hecho hacía unos días, cuando le llevé de regalo una africana; había transportado la golosina en el bolsillo de mi camisa por un par de horas, sintiendo el efluvio de la vainilla y el cacao. Cuando la niña le quitó el envoltorio, el chocolate ya estaba derretido, pegado al papel de aluminio; la galleta estaba casi desnuda, desprovista de su oscura cobertura. Mi hija la probó, primero tímida, luego con avidez; sus ojos se dilataron, enormes, iluminados por la sorpresa. «Qué rico, papá...», musitó, saboreando, su primera africana, la única que había visto y disfrutado en su vida. En cinco años de vida. «¿Y no hay más?», volvió a preguntar la voz de flautín.

«...a diez pesos la caja», remató mi hermano.

Introduje mi brazo a través de los retorcidos barrotes del tupido enrejado. La mugrienta y enjuta mano de la mujer, la palma hacia arriba, salió a mi encuentro. Le coloqué en ella el semen de decenas venidas mustias, dos pollos empanizados, con sendas raciones de papas fritas, y un par de refrescos de cola y cervezas heladas; encima acomodé dos docenas de cajetillas de H. Upmann, cuatro botellas del maravilloso aceite de freír y, para finalizar, un cremoso jabón de suave olor sensual.

«Deme una caja, por favor...», le dije, «que es lo único que tiene sentido comprar...».

La señora me observó, desconcertada. Miró inquisitiva a mi hermano, que le respondió con un ambiguo gesto con el que le restaba importancia a lo dicho por mí. La mujer cerró los sarmentosos dedos, apretando mis diez pesos: mi tornasolado billete de utilería, de ridícula validez local y escandalosa paridad con la libra esterlina. Lo embutió con presteza en el profundo bolsillo de sus remendados shorts, se despidió, y desapareció calle abajo.

Mi hermano entró a la sala. Regresó con dos cigarrillos; encendió primero el mío, después el suyo, y exhaló una abundante bocanada de humo. Examinó pensativo la caja de africanas que había quedado sobre el muro del portal, me contempló con seriedad, y me dijo:

«Coño mi herma, la verdad que estás hecho un botarate...».

Puerco a las tres de la madrugada

«¡¡¿Qué?!!».

«Que se inundó la cochiquera…».

Las palabras, perezosas, se abrieron paso a través de esa amarga niebla que envuelve a quien es despertado con urgencia a las tres de la madrugada. Las tres de la madrugada, que no es hora para remilgos.

Todo acaba, y comienza, a la mitad de la madrugada, que es la mitad de todo; hora fatal en que terminan de aullar los perros, los gallos aun no despiertan, y la oscuridad es todavía una camisa de fuerza; hoyo oscuro, oculto entre noche y amanecer: en él tropiezan, y se hunden, los moribundos que finalmente pierden su pelea; a su vera los amantes insomnes singan de prisa, pensando en si podrán conciliar el sueño otra vez y descansar, por fin, insensibles a sudores propios, a ronquidos ajenos; momento, sin discusión, que no es para ser despertado de una sacudida en el hombro y recibir malas noticias.

Parpadeé un par de veces.

Entreabrí los ojos, arenosos, y escuché la furia blanda de la lluvia golpeando en las persianas. «Te está esperando allá afuera; dice que se va a desbordar aquello, que se van a ahogar los puercos...», me dijo con voz queda, pero apremiante. «Voy...», respondí con voz ronca, pero audible. Y me senté en la cama.

Un short, una camiseta, chancletas plásticas. Bajé las escaleras; en la cocina, en penumbras, encendí el primer cigarrillo. Improvisé una capa de agua con un trozo de nailon con el que me cubrí cabeza y hombros; abrí la puerta y salí al pasillo.

El crepitar de los gruesos chorros de agua que cayendo desde la azotea se estrellaban en el suelo, llenaba la noche. Un hombre esmirriado, protegido por una capa amarilla de grueso hule, esperaba inmóvil bajo la lluvia. Tenía el cabello demasiado largo, mojado; de su cuello colgaban dos o tres kilogramos de cadenas y dijes, destellando bajo la escasa luz del foco de la entrada del pasaje.

«Se inundó...», me espetó a manera de saludo, «debe estar tupido el tragante...», añadió, y echó a caminar hacia el final del angosto pasillo por el que ahora corría un riachuelo de transparente agua fría. El cigarro, del que había chupado tan solo un par de bocanadas, estaba empapado. Lo tiré, y la improvisada corriente lo arrastró hacia la calle.

El espacio rectangular donde estaban las tres jaulas para los cerdos —una adosada a cada pared—, construidas con bloques de hormigón, y cerradas con pesadas rejas de gruesos barrotes de hierro, estaba lleno hasta más arriba de la mitad de su altura por un caldo oscuro que parecía hervir bajo el intenso aguacero.

Los cerdos gruñían, inquietos. De vez en cuando emitían un chillido corto, de pánico, y regresaban al gruñido. El agua ya les cubría las patas, hasta más arriba de la panza. En la improvisada piscina flotaban numerosas cosas que no alcancé a identificar en la penumbra de la hora.

«Es la comida, la basura, que el agua arrastró para el tragante… Y la mierda, que con toda la zeolita que están comiendo los puercos es como un cemento. No sé cómo no se les tupe el culo…», rezongó el hombre de la capa amarilla a mi lado, a buen recaudo en el pequeño patio cubierto contiguo a la cochiquera. Mientras hablaba apoyaba el pie en el pequeño muro que separaba ambos espacios.

«Aguántalo así, que si el agua sigue subiendo lo va a tumbar pa'l carajo…», le dije. «¿Tú crees?», respondió alarmado, retirando el pie del muro. «Mejor traigo el escobillón…», dijo, y entró presuroso a la casa que comenzaba más allá del patio.

Regresó de inmediato con el instrumento y me lo entregó. «Bueno, me voy a hacer café», anunció con aire satisfecho. «Cualquier cosa, me avisas», adicionó antes de desaparecer de nuevo.

Una rata de mediano tamaño se escurrió entre los barrotes de una de las jaulas y atravesó nadando la cochiquera inundada. Las ratas ya no se veían con tanta frecuencia; los puercos las mataban, se las comían, cuando aquellas entraban a las jaulas atraídas por la comida: una afortunada circunstancia que reforzaba con proteínas la dieta de los animales.

El roedor, el pelo gris oscurecido por el agua, subió al muro con un ágil salto; acto seguido, corrió con rapidez, perdiéndose en la oscuridad. El gruñido de los cerdos, que había subido una octava al otear con hocicos temblorosos a la rata, de inmediato disminuyó de tono.

Agarré el pesado escobillón con mano firme. Lo sumergí en el pestilente caldo y lo moví, tanteando, buscando el orificio del tragante. Por fin logré posicionarlo; comencé entonces un acompasado balanceo: un suave empujón, adelante, buscando mantenerlo en el hueco; atrás, apartando la basura; adelante, abriendo; atrás, tomando impulso; adelante, esparciendo los residuos; atrás, adelante, desbrozando, desbaratando la mierda verdosa…

…la mierda verdosa que me manchaba la pinga me asqueó.

Me levanté de un salto, alejándome de la mujer que todavía gemía, apoyada en manos y rodillas, con el culo empinado y sucio. Fui a lavarme, *porque no quiero que agarres una infección*, le dije, y sofoqué una arqueada.

El peculiar olor de la mujer me había impregnado; me había costado identificar qué me recordaba, hasta que di con la imagen de la máquina de coser Singer de mi madre: la mujer olía al sulfuroso aceite ligero que usaba mi padre para lubricar los engranajes de la maquinaria.

Me lavé el rabo con meticulosidad, y después las manos. Las olí. El acre olor aceitoso todavía era perceptible, pero al menos no hedían a mierda. Regresé adonde la mujer, que ahora acostada bocarriba me observaba arrobada. Los pezones, rugosos y cilíndricos, sobresalían sobre el huesudo tórax como botones de un arcaico radio ochentero; las asimétricas y pequeñas tetas, que me enseñara por primera vez hacía tan solo un par de días, habían desaparecido, aplanadas. Pero eran tetas al fin y al cabo, díjeme, y sin más dilación me le subí encima...

... encima de que el día había sido sofocante, el calor todavía parecía aumentar en la soporífera tarde que iba cayendo con angustiosa lentitud.

Limpiaba la cochiquera usando una manguera con agua a presión. Los cerdos deambulaban en libertad, aliviados por la frescura del líquido. El potente chorro, eficiente, registraba los rincones de las jaulas, sacando los detritus de comida, mezclados con la orina amoniacal y nudosos mojones que mantenían su consistencia a pesar de estar empapados.

El sancocho que preparábamos para los animales había evolucionado; además de espinazos de pescado, cáscaras de fruta, y el agua grasosa del lavado de platos y cazuelas, se le había incorporado zeolita en polvo.

La dosis del mineral en la mezcla se había ajustado por tanteo y error: primero una pequeña latita, después dos, hasta llegar a ser demasiadas y entonces fue que casi murió un puerco por obstrucción intestinal. Resultó entonces que dos partes de bazofia y una de zeolita era la proporción adecuada; ayudaba a mitigar el hambre de los animales, y además compactaba la mierda, que perdía untuosidad y era más fácil de limpiar.

Apuntaba con la manguera al piso, a una jaula, a otra, alternando mi atención entre los desechos que se acumulaban en la rejilla del tragante, y una mujer que trajinaba a mi izquierda, en un iluminado patio de blancas paredes encaladas.

Deshice con los pies, enfundados en mis versátiles chancletas, los bolos de la casi pétrea mierda que habían sido arrastrados hasta la rejilla; los disgregué a conciencia, dispersé con cuidado las partículas; las empujé, forzándolas a pasar por los huecos de la lámina metálica, para que no obstruyeran el drenaje del agua.

El agua, que a ella le empapaba el frente de la tenue camiseta blanca.

Estaba inclinada sobre un lavadero; el abundante cabello de vetas rojizas le cubría la cara y parecía concentrada en lo que hacía, indiferente al entorno; sin embargo, como al descuido, ladeaba la cabeza, y sin disimulo miraba en mi dirección. De lejos no parecía gran cosa: sus pies, demasiado grandes para su estatura, eran toscos. Las piernas algo delgadas, los muslos escasos, marcados por incipientes várices. Los breves shorts revelaban poco, pues poco había para revelar: las nalgas no eran ni abundantes ni prominentes, era estrecha de caderas, y la cintura demasiado ancha. La piel bajo los antebrazos, algo ajada, se bamboleaba al compás del enérgico restregar de algo que estaba bajo sus manos.

El recio chorro de la manguera le pegó a un puerco que se interpuso en su trayectoria. El animal pegó un brinco y chilló asustado. La mujer soltó una breve carcajada, «Pobrecitos», dijo. «Por lo menos no tienen calor», respondí, y sonreí. Giró entonces hasta encararme, una mano en jarras en su cintura, la otra apoyada en el borde del lavadero. El cabello tomó vida propia, aleteó y se posó, sensual, sobre sus hombros.

31

La boca. No la había visto. Roja, abundante. Obscena.

Ni los ojos; qué digo ojos: abismales, dos cañadas en penumbra. Brillantes, grandes, morunos, insonda-bles; ojos negros, de alta mar a media noche, de madrugada profunda. Debajo, los pezones; atrevidos, saltando en mi dirección; señalándome, al pecho, a mi lujuria.

Por un momento sentí vergüenza por la erección; pero no había nada que pudiera hacer para disimular el bulto que crecía en mi short. Sin embargo, antes de que se me ocurriera cómo ocultarlo, ella sonrió: con deliberada lentitud, tomó entonces el borde de su húmeda camiseta, la subió, y me mostró sus tetas por primera vez. Pequeñas, asimétricas, *pero tetas al fin y al cabo*, me dije, y me acaricié por encima de la tela del short.

Sentí frío en los pies. A duras penas aparté la vista de las teticas de la mujer y miré hacia abajo. La mierda por fin había tupido el tragante; un líquido ámbar me corría entre los dedos. Cerré la llave del agua y dejé la manguera en el suelo. La mujer me observaba divertida; con dos dedos de su mano derecha se pellizcaba un pezón.

El ardor de la excitación que me abrasaba las ingles ascendió, vertiginoso, acelerando mi respiración. Eché a un lado la tela del short, haciendo espacio para sacar la rígida pinga. Se la mostré, y sus ojos destellaron —¿feroces?—. Comencé a masturbarme; «Para ti», le dije. Ella dejó caer la blusa, buscó con la mano su entrepierna bajo el short. «Para ti, macho», me respondió con un susurro «para ti».

Los puercos se revolcaban en el charco de agua turbia que ahora ya cubría todo el piso de la cochiquera. La mujer, que se frotaba con vehemencia, seguía con mirada ávida el movimiento de mi mano. Sus labios se movían sin cesar, en una sorda plegaria.

De repente cruzó las piernas; atrapó entre los muslos la mano con la que se masturbaba, y se dobló hacia adelante, como si le hubieran golpeado en el estómago. Se apoyó de nuevo en el lavadero con la mano libre y, en silencio, abrió la boca, enorme, boqueando en busca del aire que se le escapaba.

Mi semen pegó en el muro, y corrió por el pulido cemento hasta el piso. Me recosté a una de las jaulas y exhalé aliviado, sintiendo un extraño cansancio. La mujer, los gruesos labios rojos destellando, los ojos descomunales metidos en los míos, se chupó los dedos, me sonrió una última vez, y desapareció en las sombras del patio.

A mis espaldas chillaba un cerdo…

…un cerdo chillaba, en la oscuridad, quizás asustado por la lluvia, que había arreciado.

El hedor de la cochiquera, perceptible incluso a través del filtro del agua que caía a plomo, se me había metido en la piel. La buena noticia era que, a pesar del aguacero, el nivel de la inundación disminuía a ojos vista; todavía quedaban unos veinte centímetros, estimé.

El vaivén del escobillón destruía el tenaz vórtice que intentaba formarse encima del tragante.

Las cosas que flotaban se habían ido acercando, arrastradas por el flujo del drenaje; ahora las veía con más claridad: eran cucarachas, cientos de ellas, ahogadas por el aluvión que invadió sus madrigueras, expulsándolas a la superficie. Giraban, se atropellaban, como barquillas sin timonel, alrededor del palo que yo aún hacía oscilar, atrás, adelante, atrás, adelante, abriendo el camino por el que, *caramba*, no lograrían pasar, me percaté de repente: tendría que recogerlas, a las cucarachas, y echarlas a la basura, una vez el agua bajara lo suficiente.

«¿Niño, quieres café?», me sobresaltó la voz del hombrecillo del mazo de cadenas, que se había acercado sin que yo lo escuchara llegar. «Gracias», le respondí, y me tomé de un tirón el inevitablemente dulce pero al menos reconfortante brebaje. Le devolví la taza, encendí un cigarro, llené mis pulmones con el humo amargo, y devolví una humareda copiosa que tardó unos segundos en disiparse. «¿Qué hora es ya?», le pregunté al hombrecillo. «Como las cuatro menos cuarto...», me dijo. «Y bueno, me voy a dormir un rato...», concluyó, y regresó de nuevo al interior de la casa.

El cerdo que chillaba, el morro insertado en un espacio libre del enrejado que cerraba su jaula, jadeaba nervioso; se quejaba, repetitivo, con cadencia machacona: un ronquido, un chillido; bajo, bronco, con absurda tozudez. Inhalaba, chillaba, inhalaba, chillido, inhalaba, gruñido, inhalaba, sin pausa, inhalaba, histérico, inhalaba, chillido, en trance...

... en trance. Totalmente ida del mundo, me dije mientras observaba, y escuchaba, a la mujer.

¿Tegustamibollo, tegustamibollo, tegustamibollo, tegustamibollo, tegustamibollo, tegustamibollo, tegustamibollo, tegustamibollo, tegustamibollo, tegustamibollo, tegustamibollo, tegustamibollo, tegustamibollo...?

Tiene que callarse ya la boca, me repetí por enésima vez, exasperado, *me va a hacer perder la concentración. ¡Carajo!*

La mujer se me abalanzaba, furiosa; a horcajadas, las manos apoyadas pesadamente en mis hombros ya adoloridos; la mata de cabello con vetas rojizas, bailando frente a mi cara, salpicándome con sudor. Con cada envión me pegaba en la pelvis, con fuerza, buscando con su clítoris la prominente vena dorsal de mi pinga; se retiraba lo preciso para dejar salir al glande, sentirlo de nuevo, y de nuevo embestía.

Portón enloquecido golpeando al ariete, la boca roja desplegada como estandarte, su saliva goteándome en la cara. Y hablaba, sin pausa. Susurraba, sin apenas detenerse a tomar aliento, atrapada en la hipnosis de su mantra retórico, *tegustamibollo, tegustamibollo, tegustamibollo, tegustamibollo,* y yo sabía que si le respondía que *sí, claro, megustatubollo,* se iba a escuchar muy ridículo. No era tan simple: tendría que decirle, *sí, amor, qué bollo más rico tú tienes, ay, sí, es el bollo más rico que me he singado en la vida,* y ella diría, *ay sí, qué rico, macho, sí, dímelo, mi macho, que tegustamibollo, tegustamibollo, tegustamibollo...*

Pero yo no soy bueno para mentir: no me iba a salir la frase; la verdad, nomegustabasubollo, al menos no tanto para poder responderle con la pasión requerida, y preferí no decir nada. O más bien, sí le dije, *¡acaba de venirte, cojones!,* le grité; casi una súplica, casi una orden. Y funcionó. La escatología hacía mella fácil en esa mujer, que se vino *in crescendo,* clamando, vociferando cosas ya ininteligibles; terminó con un desesperado grito de angustia que me dejó en vilo, pendiente de si se había hecho daño de alguna manera.

Finalmente, se detuvo.

Guardó silencio unos instantes, recuperando el resuello, las uñas ancladas en mi pecho. Abrió los ojos, tan oscuros; me examinó entonces, con curiosidad, como si me viera por primera vez, *para la edad que tienes, singas muy bien*, musitó, sonriente; no supe si tomarlo como cumplido, o promesa de que, de viejo, pues todo sería mucho mejor, aunque ya daba lo mismo: se había metido mi pinga en la boca y la chupaba con tal fiereza como si aquella fuera su última hora…

…ya era hora de que escampara, coño, me dije aliviado, al ver que ya casi no llovía.

El piso de cemento, ahora visible, había quedado cubierto con diminutos fragmentos irreconocibles, ribeteado aquí y allá por la arenilla de la zeolita. Los cerdos se habían tranquilizado; estaban en silencio, inmóviles en sus jaulas.

Me cubrí la cabeza con mi pedazo de hule, pasé por encima del pequeño muro y entré a la cochiquera. El golpeteo esporádico de las gotas de la menguada lluvia, tableteando discretas sobre el plástico de mi improvisada capa, me dio la bienvenida. Una ráfaga de brisa húmeda se enredó en mis piernas y me hizo estremecer.

Abrí las jaulas y dejé salir a los animales. Examiné el interior; saqué con el escobillón algunos trozos de mierda que, aún intactos, habían permanecido adheridos al suelo. Los barrí hasta el tragante, y los pisoteé hasta desbaratarlos. Entonces me dediqué a reunir las cucarachas, cientos de cucarachas, de todos tamaños, de varios tipos; llené tres veces el recogedor antes de terminar de colectarlas todas para después botarlas en el latón de la basura; la mierda podía deshacerse, pero la quitina de los insectos no se iba a fragmentar al punto de poder pasar por la rejilla del tragante; además, no me resultaba atractiva la idea de pisotear un mar de cucarachas para tratar de convertirlas en pulpa.

Abrí la llave del agua; con la manguera terminé de enjuagar las jaulas, los restos de la mierda, el piso áspero y mis pies. Cerré la pila, y tomé del patio vecino un caldero con sanchocho para los cerdos. Le adicioné el verdoso polvo de zeolita; mezclé y repartí el alimento en los comederos, a partes más o menos iguales, asediado por los siempre hambrientos puercos.

Cerré las jaulas, asegurándome de colocar los respectivos candados. Satisfecho, contemplé la cochiquera, ahora limpia, brillante bajo el tímido foco que colgaba bajo una de las esquinas del techo de láminas de zinc que cubría el patio contiguo. Encendí un cigarro, el último, antes de regresarme a mi cama a dormir lo que me restara de la noche.

Tres ratas pasaron presurosas por encima de las jaulas y desaparecieron en la oscuridad a mi izquierda, apuradas, como si fueran a un convite. Levanté la mirada: del otro lado de las jaulas, asomando a través de las ramas de un retorcido árbol de aguacates, un tímido clareo comenzaba a iluminar el cielo.

Había perdido la noción del tiempo.

Manda pinga, ya va a amanecer, pensé resignado, *debo apurarme, se me va a hacer tarde para el trabajo*. Coloqué el escobillón contra la pared; dejé el hule colgado en el extremo del palo y me encaminé al pasillo.

Fue entonces que la oscuridad desapareció en un estallido de blanca luz; el bramido del trueno estremeció el aire fresco de la madrugada, y una gota cayó sobre mi cigarrillo, que siseó y se apagó; miré al encapotado cielo, y una sutil avanzada del inminente aguacero me roció la cara.

«Buenos días, muchacho», escuché la voz que venía desde mi izquierda.

La mujer de cabello con vetas rojizas me sonreía, recostada a la jamba de una puerta; estaba desnuda, mojada, los brazos cruzados sobre las tetas, disparejas, aplanadas, pequeñas, asimétricas, pero tetas al fin y al cabo. De nuevo el relámpago empujó las sombras y el trueno sacudió la noche moribunda, que ahora olía a aceite de máquina de coser. Los cerdos chillaron espantados.

39

Cerré los ojos para disipar la momentánea ceguera que me provocó el fogonazo. Los abrí, y volví a mirar hacia mi izquierda. No vi el patio de paredes encaladas, ni el lavadero, ni a la mujer desnuda de boca obscena y ojos tan oscuros como las tres de la madrugada.

Allá solo se dibujaba, en la tímida claridad grisácea del amanecer, el informe bulto de un solar yermo.

Entonces, sin más preámbulos, comenzó a llover de nuevo.

Aclaración

El hombre pasaba todos los días frente a la casa, a la misma hora, con una puntualidad aberrante para esas latitudes.

Se recostaba entonces al muro del portal, y se enzarzaba en una conversación simple, que parecía ser la misma del día anterior, o del día siguiente: los precios, las carencias, una que otra frase sentenciosa; nada complejo: solo lo cotidiano. Y siempre matizaba con la infaltable coletilla: «Es que esto está del carajo», dicho todo con el robotizado tono del aparato que llevaba instalado en la laringe.

«Fumaba como un animal, dos cajas de cigarros al día», me repetía su historia un amigo, cada vez que alguien mencionaba al hombre y a su voz prestada. «Y le metía al alcohol en la misma costura», continuaba. «En su casa había armado un alambique para procesar el alcohol de la bodega y quitarle el tufo a petróleo. Después lo rebajaba con un poco de agua, le exprimía dos limones y se tomaba un litro de aquella cosa, todos los días».

El hombre llevaba su mal con dignidad. Quizás por ello no le gustaba que lo examinaran con demasiada curiosidad, mucho menos que la atención se centrara en el micrófono que llevaba insertado en aquel orificio de bordes enrojecidos —a veces demasiado húmedos— que perforaba su garganta. De hacerlo alguien, pues se iba a encontrar de inmediato bajo el escrutinio de la mirada fría del hombre: unos ojos marchitos, saturados de hilillos de sangre —demasiados años trabajando como soldador—, duros, desafiantes.

«Ay, pobrecito…», escuché decir tras de mí, y de inmediato supe que aquello no podía terminar bien. Me había encontrado al hombre esa mañana en el mercado, adonde había ido por una botella de puré de tomate. Conversábamos, detenidos en un pasillo. El tema pues, los precios, las carencias, una que otra frase sentenciosa; nada complejo: solo lo cotidiano.

Algunas de las personas que pasaban por nuestro lado miraban de soslayo, atraídas por el tono áspero de la voz artificial del hombre. Otras lo ignoraban, absortas en las compras y sus propios problemas.

Pero aquella mujer era diferente.

Me percaté de ello apenas la vi acercarse; su andar se hizo más lento, la boca entreabierta por el asombro, la mirada atónita, detenida primero en la nuca de mi interlocutor, después en sus mejillas, el rostro y, finalmente, ya a mis espaldas, en el cuello lacerado por el cáncer, fascinada por el oscuro redondel que destacaba justo sobre el borde percudido del pulóver que vestía el hombre.

«Ay, pobrecito...», fue entonces que dijo, con voz aguda que resonó con indeseable claridad sobre el ruido de mercado.

El hombre dejó de escuchar algo que yo le decía, y giró la cabeza en dirección a la voz. Clavó los ojillos en la cara ahora arrebolada de la mujer que, turbada, desvió la vista hacia las verduras que reposaban sobre la tarima más próxima. Las conversaciones se apagaron; clientes y vendedores guardaron silencio, expectantes. El hombre observó por unos instantes a la mujer, que manoseaba unas lechugas; llevó entonces su mano derecha a la garganta, oprimió el botón que activaba el micrófono y, con tono metálico, carente de expresión, le respondió: «Pobrecito pinga...».

«Es que esto está del carajo», me dijo seguidamente, como si nada hubiera sucedido, retomando la conversación sobre los precios, las carencias, una que otra frase sentenciosa: nada complejo: solo lo cotidiano, mientras el ruido se elevaba de nuevo a nuestro alrededor...

Monólogo para una señora de buenas tetas

Permítame y le explico, señora.

No es así.

Es con más suavidad; se trata de manoseo, de alfarería, caricia *nonchalant*, señora: no es castigo. Déjela respirar, sin temor, y acérquese, que no muerde. Mire, imagine que es como si estuviera tomando en sus manos un huevo de Faberge, que Usted no quiere que se caiga al piso, se haga añicos, y tener entonces que vender un riñón en una asquerosa clínica en Tijuana para poder pagarlo, ¿entiende?, por eso lo sostiene, al huevo, con cariño, con reverencia, pero con firmeza, y deleite, porque es cosa sabrosa, además.

Eso, deléitese. O es posible que sea más simple y apropiado pensar que es un plátano, ya sin cáscara, desvalido, y que Usted, compasiva, lo quisiera abrigar con su mano, apretarlo, porque le parece tierno, apetitoso; y Usted, que es golosa, se lo quiere meter en la boca, y por eso lo toma, lo estruja, sí, pero no con tanto brío que lo aplaste y se le escurra como flema entre los dedos.

En realidad, puede, más que agarrarla, aferrarse a ella. Asirla como si fuera la última puta tabla a la que le apuesta su salvación, tabla de la que va a depender que siga viviendo su mediocre vida, o que se ahogue miserablemente en el agua gélida del rincón más remoto del océano más oscuro.

O como si se sujetara de una barra milagrosa, cuando la estuvieran obligando a saltar en paracaídas desde la estratosfera, y que Usted se negara a ser lanzada; entre gritos y maldiciones se asiría, desesperada, a lo que tuviera a mano; a esa barra, para que no la tiren a Usted al vacío, con paracaídas, o peor, sin él, porque Usted no quiere estrellarse contra el suelo verdirrojo, terminar sus días como una sanguinolenta masa amorfa que apenas le recuerde a quien la conociera que fue Usted una mujer hermosa que algún hombre tuvo la suerte de singarse, follarse, cogerse, hacer que se viniera siempre, llorando de placer, pero eso cuando aún respiraba, no ahora, que sería un despojo irreconocible. Usted no quiere eso, ¿verdad? Por eso grita. Por eso se agarra.

Se agarra. Con furiosa determinación, aunque se cague y se orine por el terror helado que le trepa por el vientre, cuando esos jalones inmisericordes la quieren arrastrar hacia la escotilla, que está impúdicamente abierta como la roja boca de una dama voraz esperando el semen de su hombre.

Gritaría Usted, estoy seguro; llenaría la cabina de aullidos, porque unas pesadas botas militares le estarían pegando patadas en la espalda; porque alguien, iracundo, le estaría mordiendo los puños, blancos de miedo, para que suelte la barra; le estarían desollando los nudillos, arrancándole la piel con los dientes, y todo ello para que abra la mano, para que la suelte.

Sus alaridos serían, además, por el pavor de solo imaginar la idiota idea de caer, a plomo, desde cuatro kilómetros de altura, a una espantosa velocidad que va a aumentar casi diez metros por segundo con cada segundo eterno que transcurra en ese postrero y estúpido viaje, con un viento de cataclismo azotándole la cara, separándole los labios resecos, metiéndosele en la boca como una hiperactiva lengua tumefacta, como mis dedos ahora, así, chúpelos, que así es ese viento, que le aplastaría las tetas contra el tórax, se las apretujaría, sin compasión, así, mire, que Usted tiene unas tetas muy sabrosas, ¿sabe?, se prestan para lamerle, en primer lugar, aquí abajo, este surco tibio y grasoso, donde está su olor a hembra; me gusta que las tetas le cuelguen un poco, que me cubran la frente como una mano amable; me gusta esto, chupar la piel, y me gustan así, blandas.

No me gustan las tetas firmes: no son de hembra, no son sensuales; parecen un bíceps hombruno. Me gustan las tetas mullidas, que cuenten una historia,

47

que se balanceen, que se muevan hacia los lados, que se relajen, que tengan grados de libertad, y no que sean un estático globo de feria; me gustan descolgadas, un poco nada más, así, mire, que casi no haya que incorporarse para ponerle besos suaves, y mamarlas hasta dejarlas aun más fláccidas, agotadas, moteadas con cardenales; o arrancarle pedazos a mordidas, ripiarles con los dientes el pezón canela, y que Usted grite como una cerda, cuando se lo deje colgando, el pezón, ensangrentado, como una banderola en calma chicha, justo el día antes de que la tormenta más terrible destrozara su barca, y solo le quede esa última tabla para salvarse, y grite, señora, grite, no tenga pena, que me gusta escuchar como grita, no se ría, que es en serio, que le va la vida en ello, no se deje empujar al vacío por esos hijos de puta; ánclese en su sitio, agárrese a la tabla, a la barra, con decisión, no abra la mano, por más que le duela, así, apriete, cojones, así, como si su única esperanza en este mundo ridículo fuera esta pinga rígida. ¿Ve? Así, eso es. Ya tiene la idea.

Así se agarra una pinga.

Fíjese, ahora que la tiene en la mano, puede que la cubierta de esta pinga, con la que ya se está familiarizando, le parezca poca cosa. Pero, en realidad, es todo un portento. Esa delgada piel es versátil, y adaptable en forma extrema. Se extiende, sin causar dolor, para contener sin restricciones la turgencia de las urgencias; se recoge, sin agrietarse, en la modestia de los intermezzos; fluye, con sedosa suavidad, cuando es necesario. Así, mueva el puño, con paciencia, póngale cadencia y saliva: deje que se deslice.

Sin embargo, la maravilla, le digo, lo que constituye un verdadero hito de la plomería evolutiva, está adentro de ese rabo. En esos interiores hay todo un sistema de eficientes válvulas que regulan el tráfico de orina y semen, conductos que encierran la sangre a increíble presión, a prueba de salideros, todo coordinado en una precisa coreografía por hormonas y corrientes eléctricas de bajísimo voltaje; el resultado, como ve, es esta herramienta maravillosa que, cuando está así, erecta, lista para que Usted se la meta en la boca y la chupe con gozo, pues el simplismo ha hecho que digan que está dura. Dura, así nada más.

Pobre expresión que fracasa en la descripción de esa erección que, en realidad, es tenacidad y firmeza. Es flexible, la verga que sostiene en su mano, y no dura y quebradiza.

Le explico.

La pinga, que veo Usted va manipulando con creciente habilidad, es una creación maestra, arte vital forjado por la naturaleza. Es comparable a una *katana* japonesa, esos sables elegantes que son, a su

49

vez, una magistral obra de arte de la metalurgia ancestral.

En esencia, al igual que en la verga, hay dos componentes estructurales fundamentales en la hoja de una espada japonesa: el exterior, *kawagane*, y el interior, *shingane*. Esos fonemas describen dos tipos diferentes de acero al carbono, que se forjan por separado: el del exterior de la espada, el *kawagane*, que es propiamente un acero de estructura martensítica, de extrema dureza, excelente para desarrollar y mantener un filo formidable; un filo que, diligente, se abra camino entre la carne humeante, que mutile sin titubeos, que decapite de un tajo, que termine los conflictos con eficaz rapidez. Pero ese filo, el *kawagene*, sin embargo es, de tan duro, quebradizo. Por eso es importante el *shingane*.

El *shingane*, el núcleo de la espada, que es un acero bajo en carbono, perlítico, más tenaz y flexible que el *kawagane*; es el sostén del filo, es su retaguardia, su otra mitad. Gracias al *shingane* el sable posee plasticidad; puede arquearse, grácil, para reptar entre las costillas, desgarrar el diafragma, cortar los órganos con limpieza, empujar al *kawagane* para que desbroce su camino en busca de las gruesas arterias. El *shingane* garantiza que todo ello suceda con relampagueante eficiencia, sin que se quiebre la hoja. Un sable así es, en pocas palabras, la más formidable arma blanca forjada por los hombres.

Ahora, fíjese cómo, de manera parecida se abre camino mi pinga por su esfínter: sin doblarse, sin dañarse, ni perder el filo; vea, cómo vence la resistencia, ¿lo siente?, esos pequeños chasquidos, qué bien cómo va su culo ajustándose al embate de mi sable. Le digo, de paso, que Usted sabe gritar. Sin aspavientos ni estridencias, con el tono preciso, sensual, a medio camino entre el dolor y el delirio. Da gusto romperle el culo de esta manera, sin lubricar, sin dejar que nada se interponga entre el placer y la agonía.

Y por supuesto, aférrese a esa sábana, no tenga reparos: desgárrela si gusta; muerda también mi almohada, déjeme el olor de su saliva para masturbarme más tarde, cuando me quede a solas con mi cama y mis libros. Me gustan sus manos, por cierto; esas pecas casi imperceptibles le dan, ¿qué será, tridimensionalidad? Y sus dedos, ya le había dicho antes, elegantes. Sus uñas, además, que son, como sus gritos, discretas; y las palmas de sus manos, tan suaves: limpias, seda, como toda Usted.

Sus nalgas, déjeme decirle, son perfectas. Me gustan así las nalgas: redondas, firmes, pero no demasiado duras; las nalgas tienen que ceder a la cabeza que se recuesta en ellas, pero solo un poco, no hundirse demasiado, como almohada bien calibrada. Las nalgas buenas tienen arte, encanto irresistible, y aprovecho para admitir abiertamente que las damas endurecidas a fuer de gimnasio, pues se las dejo con gusto a otros: yo las prefiero sensuales, suavizadas por la feminidad, como Usted, como sus nalgas. Las estuve mordiendo, olisqueando, sus divinas nalgas pecosas. Usted huele muy bien.

Esas pecas, además, son un magnífico preámbulo a su blanca espalda, un detalle hermoso, le digo. Las pecas, las nalgas y la espalda. Da gusto contemplarla cuando está acostada. Por cierto, veo que no le molestan las nalgadas. Qué bien. Porque le voy a seguir pegando, duro; le voy a enrojecer las nalgas a golpes, hasta que las pecas parezcan briznas de óxido. Además, le voy a estar cogiendo el culo, escuchándola chillar, por lo que sea que esté sintiendo, hasta que diga que ya no puede más, que por favor, que ya fue suficiente. Es más —le advierto— la voy a cabalgar como a una perra, mi perra; me la voy a llevar a donde yo quiera, a rastras, jalándola por la rienda espesa de su cabello, mi potranca sumisa; me la voy a llevar, le decía, desde el placer al dolor, y de regreso, hasta que me diga —y si me lo grita, mejor— que yo soy su macho, señora, que eso es algo a lo que todos los machos aspiramos, a ser el macho, no del momento, sino de siempre, el Macho, del que Usted solo espera la señal para caer sobre manos y rodillas, y ofrendarle las nalgas pecosas; el mismo que la hace reír, que le va a cumplir sus caprichos, el que nunca será malvenido; el que se va a sentar en el butacón de la sala, a dejar que se evapore el agobio del día, y a esperar que me sirva un trago, whisky, Highland Park está bien, con dos cubos de hielo; que se agache entonces, y me afloje los cordones, me quite los zapatos, me dé un masaje en los pies, me zafe el cinto, desabotone la faja del pantalón, baje el zipper, jale la ropa, destape mis inglés, se llene la boca, me muerda el balano, me chupe el glande, me lama los huevos y se trague mi leche. Que Usted vea, satisfecha, cómo su macho se relaja, entrecierra los ojos y descabeza una siesta. Se lo digo ahora, justo antes de que se venga de nuevo, y los gritos no la dejen escucharme.

Mire, siéntese, de frente a mí, deje que me recueste un poco. Si quiere, me puede acariciar la cara, con sus pies. Con un pie primero, el otro, con los dos. ¿Le parece bien que tome su pie y lo meta en mi boca? Póngalos en mis hombros. Déjelos ahí, a mi alcance, para servirme a mi placer. Espero que mi lengua no le moleste. Me encantan sus pies breves. El rosa de sus plantas, el nácar de su empeine, el arco de su costado, el tobillo relleno, el arpegio armonioso de sus dedos; déjeme, que los recorro con calma, los morderé suave. Les voy, además, a registrar con mi lengua cada hendidura; deje que me llene de los detalles de sus pies divinos, que los huela, que me los coma.

A ver, reclínese ahora, por favor; permítame, me arrodillo, sosténgase, sosténgame, apuntale mi pecho con sus pies de esponja, deje que le estruje el clítoris con mis dedos, que le meta los dedos, grite otra vez, puta, que le queda bien, grite, mire, míreme, observe, como mi mano agarra mi verga, ¿ve?, ¿lo ve, cómo es el juego con el glande? Así, abra la boca, cojones. Le queda bien tu boca a mi pinga, le quedan de maravilla los labios hinchados, la saliva que te rezuma por las comisuras de la boca, le queda bien eso. Puta que eres.

Me gusta cuando me miras, con la boca entreabierta; agarrarte así, bien duro, por el pelo, para que hagas lo que yo quiero. No llores, que una bofetada o dos no matan a nadie. ¡Relájate, cojones! Así, a ver, chúpala, trágala completa, agárrame los huevos, puta de mierda, dale, anda, apriétalos, que me duela, cojones, y ahógate con ella, muerde, coño, mama, ahógate, cojones, pídemelo, así, llora, que te la dé, dale, que tu papi te la dé, dale, ya, ya, déjame, yo me hago cargo, que me voy a venir, quiero echarte la leche en la cara, quiero que te caiga en las tetas ricas, tan suaves, mira, coño, así, así, así, mi puta, mi perra puta, así…

Ahora me voy a dormir.

Y ya no me hable, señora. No me pregunte si me gustó, ni me diga si le gustó. No me interesa. Déjeme tranquilo. Límpiese la sangre del labio, póngase algo de hielo en la cara para la hinchazón, y báñese. Coma algo si quiere. No me espere. Y me despierta cuando llegue mi amiga.

Que esta noche, señora, vamos a singar en serio.

Trauma

«De todos modos, tengo que salir de aquí para despertar»
Ojos de Perro Azul
Gabriel García Márquez

Como siempre, atardecía y estaba nublado.

Esta vez manejaba por una carretera vecinal. Abajo, a mi izquierda, corría una ancha autopista, muy parecida a la Vía Blanca, pero yo no sabía que se parecía a la Vía Blanca: yo *sabía* que era la Vía Blanca. El tráfico en ella era intenso, pero mi carretera, por la que conducía mi carro, estaba desierta.

Viajaba hacia Cojímar, eso sí lo sabía.

Sin embargo, el lugar, ese lugar, esa maraña de autopistas y puentes a la que me acercaba, me resultaba desconocida. Y no era Nueva York ni el DF, por cierto, eso también lo sabía; ahí estaba, para demostrarlo, del otro lado de la vía, el trozo de mar y arrecife que me había esperado miles de veces a la salida del túnel.

Pero todo lo demás era diferente. Esa bifurcación, por ejemplo, donde tomé a la izquierda, y de lo cual de inmediato me arrepentí. *No, no es por aquí*, dije en voz alta, y frené, duro, hasta el fondo, como si fuera con desesperada lujuria. Y sabía que no sabía. Pero me detuve en seco.

Dejé que pasara por mi lado un único carro, que apareció de la nada, y que en ella se desvaneció de nuevo, antes de llegar a la curva. Retrocedí unos metros, y crucé mi auto por encima de la cuña de hierba seca que me separaba del otro ramal, el que iba hacia la derecha, alejándose de la autopista. *Tiene que ser por aquí*, me insistí, y sabía que no sabía que estaba equivocado.

La calle bajaba, difuminándose entre las sombras. Resultó ser solo un callejón de unos metros de longitud que terminaba abruptamente en una hilera de casuchas miserables. *Entonces no era por aquí*, corroboré con inquietud, *¿dónde estoy?* La tarde se oscureció un poco más; era niebla, pero no lo era.

El auto ahora era una bicicleta. Además, no había forma de regresar a la bifurcación; impensable ir contrario al tráfico, ni siquiera esos pocos metros. De hecho, ni siquiera estaba la calle; en su lugar ahora había un terreno baldío, cubierto por escombros y maleza, me percaté sin asombro al mirar atrás.

Una mujer muy delgada, de aspecto descuidado, vistiendo unos ajustados bermudas a cuadros, una sucia camiseta gris, arrastrando unas gastadas chancletas, salió de un estrecho pasaje entre dos casas. Una colilla de cigarro, empapada en saliva, le colgaba de la comisura de los labios. «Oiga, ¿el camino a Cojímar?», pregunté. «Por allá atrás, tenemos uno por allá atrás…», respondió sin mirarme y se disolvió en la oscuridad de un zaguán.

Empujé la bicicleta hacia el angosto pasillo de donde había salido la mujer; justo tras la entrada encontré la salida del poblado. A mi derecha las casas se desdibujaban en una masa gris. Estaba parado al borde de una maltratada carretera, polvorienta, de un solo carril, que se extendía hacia la izquierda, atravesaba un rústico puente de piedra blanca, serpenteaba entre hirsutos yerbajos, y se perdía de vista en la ladera de una loma.

Un segundo después —¿un segundo?— estaba detenido al pie de la cuesta. Desde allí se notaba muy empinada, interminable. El mapa del GPS solo mostraba el pueblo, y ese tramo de la carretera: no había nada más allá; yo estaba muy cansado, y la oscuridad era inminente. «Es que no sé dónde estoy, papá», le dije al teléfono. «Yo sé qué lugar es ese», me respondió la voz alegre del viejo, que es el habanero más ducho en La Habana, «pero Cojímar aún está lejos, hijo mío. Apúrate, vas a llegar tarde…».

Mis piernas eran bloques de hormigón. Sabía que no tenía fuerzas para poder pedalear loma arriba; la

puta bicicleta pesaba demasiado. También sabía
—pues parecía que sabía todo, hasta lo que no
sabía— que si subía a la cima caminando, la oscuridad se iba a tragar el camino, y entonces sí que no
iba a llegar nunca a ninguna parte. Estaba muy cansado. Terriblemente cansado.

Un carro, fuera de control, bajaba por la pendiente a una velocidad demencial. La violenta luz
amarilla de los faros me cegó. Un miedo cerval se expandió desde mi abdomen y me apretó los testículos
con mano helada; lo sabía, *me va a matar, ese hijo de
puta me va a matar, no puedo moverme, no puedo...*

Y entonces, cerré los ojos.

Abrí los ojos. Todavía me quedé unos minutos en
la cama, disfrutando de la histeria de la adrenalina,
del placentero regreso a la predecible rutina de mi
suave realidad. Me levanté. Fui al baño, oriné con
azufrado aroma de los espárragos de la cena, y le
sonreí al tipo que desde el espejo me miraba con es-
túpida seriedad. La cocina, silenciosa a esas horas,
era un tibio remanso de tranquilidad. Me hice café.

Pero sabía que me quedaba algo por hacer: algo
necesario, inaplazable. Tanta urgencia, punzante como algo inflamado, me provocó una desagradable
compulsión. Estaba, además, convencido que esta vez
sí sabía que sabía. De repente caí en cuenta de lo que
me inquietaba: tenía que escribir.

Pero tenía que hacerlo de prisa, sin dilación; tenía, además, que trazar un mapa también: detallar la ruta, dejar pistas, jalonear el camino con advertencias, para no perderme, para que no se me volviera a olvidar, otra vez, cómo llegar a Cojímar.

Me senté a la mesa, abrí la computadora. Suspiré, buscando concentración, y coloqué los dedos índices, los únicos que me quedaban en las manos, sobre un teclado sucio, pegajoso, al que le faltaban casi todas las teclas.

Y entonces, espantado, me desperté.

Biografía

«¡...y si traicionas a la Revolución, te meto un tiro en la cabeza, pa´ que sepas!».

Me estremecí.

Me estremecí como bovino, bovinamente fiel, como se estremecen los revolucionarios. Y no era para menos: aquella apasionada oferta de asesinarme era una declaración —además de intención— de principios; un «aquí no se rinde nadie» privado, un «Revolución o Muerte» a domicilio; un recordatorio, vociferado desde lo más profundo de una caverna pertrechada de dogmas y equivocaciones, advirtiendo que hay una inmensa diferencia entre morir por la Patria, que es vivir, y en que te vuelen la cabeza de un disparo de una chata Makarov calibre 38, por apóstata.

El dramatismo del escenario adecuado para un enunciado de tal magnitud era procurado por la luz naranja de los faroles del alumbrado público, resplandor mortecino que apenas lograba escapar del abrazo de la algodonosa niebla que llegaba desde el Danubio.

El hombre, que había pronunciado la tremebunda amenaza con aguardentosa voz tonante e inconfundible tono de guapo de barrio que marca su territorio, se perfilaba sobre la oscuridad de los jardines del hotel como un figurín bicolor: amarillento del lado que daba a la calle, blanquecino el otro, alumbrado por las lámparas incandescentes del austero vestíbulo del hotel.

Me observó, tambaleante, con ojos turbios por la madrugada y el alcohol; ladeó la cabeza, titubeó un momento, y escupió sobre el húmedo césped. Sacó del bolsillo de la camisa una caja de cigarrillos; me ofreció uno, tomó otro para sí, encendió el mío, luego el suyo, exhaló con determinación; *pa' que no comas pinga*, adicionó, esta vez con voz más moderada, y entonces eructó, se dobló hacia adelante en una improbable reverencia, y vomitó justo sobre el escupitajo que blanqueaba en la yerba.

El vómito salpicó mis zapatos. Algunas gotas cayeron en la parte baja de las perneras de los flamantes jeans que me había comprado hacía solo una semana, con parte del dinero que me había ganado paleando coque en una acería.

«¡Cojones…!», exclamé, alejándome con un tardío salto. *Pa' que no comas pinga*, repitió sombrío el hombre, y se limpió los labios con el envés de la mano.

En realidad, la Makarov de reglamento, con la que me destrozaría el cerebro, de yo traicionar a los tiranos, era solo una entre varias posibilidades. El hombre poseía un pequeño arsenal; apenas arribaba yo a la adolescencia cuando me había invitado por primera vez a limpiar sus armas.

Mira, me mostró un enorme revólver, *Colt calibre .455, este es de los que usaba la guardia rural, lo encontramos en una redada*, la mirada conminando a no preguntar por la redada ni sus motivos, *y mira esta otra, una .45, del ejercito yanqui, ¡y esta!*, añadió arrobado, *una Browning, .32, de nueve disparos, chiquitica, la traje de un viaje a España*. Y, luego estaba, por supuesto, la Makarov, .38, de reglamento.

Las pistolas estaban desplegadas encima de la mesa, sobre un pringoso trapo manchado de aceite. El hombre iba sacando de una pequeña y mellada caja metálica de color verde olivo las herramientas que se necesitarían para la limpieza. A la derecha, en la pared, un *collage* de fotos contaba una historia, que yo miraba con atención.

En una primera foto, en borroso sepia, posaba un grupo de jóvenes casi indistinguibles. Junto a esa, en blanco y negro, los mismos jóvenes, en ropa de campaña, pantalones militares con anchos bolsillos a los lados, pulóveres de faena, al fondo un palmar. En la siguiente, estaba el hombre solo, con uniforme militar completo, gorra, un ancho *Sam Browne*, del que colgaba de un costado una pistola enfundada; del otro, un estuche de cuero negro con cargadores adicionales; los brazos ligeramente separados del cuerpo, listo para el combate, el rostro oscuro.

El hombre había dejado de hurgar en la caja de herramientas y me observaba: un brillo de excitación le iluminaba los ojos. Me escrutaba, aquilatando con cuidado mi reacción ante cada foto. *Esa es la .45...*, dijo de repente, acariciando con la uña de su dedo índice la diminuta pistola en la foto, *tremendo hierro, ¿sabes?,* añadió blandiendo la pistola, *si te da en un brazo te lo arranca de cuajo y, si te da en el pecho, en el hueco de salida de la bala cabe un puño...* A ojos vistas disfrutaba la descripción del devastador poder del arma; una torva sonrisa le rompió el rostro, en lugares extraños, en pliegues que, a fuerza de no usarse, parecían ajenos.

Debajo, en una foto sobreexpuesta, sonreían cuatro personas; tres de ellos arrebujados en tanta ropa que, solo cuando el dedo amarillento por los alquitranes del cigarro lo señaló, pude reconocer al hombre. La nieve les cubría hasta los tobillos; al fondo, unas toscas paredes de tablas. La cuarta persona, un hombre alto, fornido, vistiendo un suéter ligero, tenía todas las trazas de ser eslavo; *un compañero de la KGB, en la URSS...*, explicó.

En otra aparecía sentado, una mano apoyada en el asiento, en la popa de un bote inflable atado a un muelle de madera, la otra mano sobre el poderoso motor fuera de borda; unas inmensas gafas de sol le cubrían la cara, *la gente de guardafronteras*, murmuró al descuido. Le seguía una foto de vivos colores, la Fuente de la Cibeles, y él enfrente, con las manos metidas en los bolsillos del pantalón de mezclilla, chaqueta negra, camisa a cuadros, el rostro ceñudo, y otras gafas de sol de nuevo, esta vez más moderadas en su tamaño.

El ventilador de techo jadeaba, intentando agitar el aire recalentado del mediodía, que olía a metal aceitado. El hombre se levantó y fue a servirse un vaso de agua fría.

Observé la siguiente foto donde aparecía un abigarrado y alegre grupo de personas que reían, en poses diversas; al fondo, el hombre miraba a la cámara, con severidad, la expresión sin expresión, casi invisible entre los numerosos brazos en alto que a duras penas dejaban ver, detrás, una calle ancha, limpia, bien iluminada, por donde corría un río de autos amarillos. ¡*Nueva York*...!, gritó desde la cocina, *fui con una brigada artística; una pila de histéricas y maricones, gente de farándula. El único que era hombre, el médico de la brigada, se templó a una rubia en un teatro y cogió SIDA; vaya, que los maricones como si nada y ese mulato, por jodedor y singón, se jodió él; y jodió después a su mujer aquí en Cuba, por cierto...*

Regresó a la mesa y se sentó. Con hábiles movimientos, que denotaban pericia, desarmó la .45. Colocó sobre el trapo, alineados como para una inspección, la corredera, el muelle, el cañón y la armazón. Empapó un diminuto hisopo en el aceite y se dispuso a baquetear.

Una pequeña toma mostraba un cuantioso grupo de jóvenes exultantes que agitaban banderas cubanas, norcoreanas, y algunas pancartas con el logotipo de un Festival de la Juventud. A un costado, con una lánguida banderita roja en la mano izquierda, estaba otra vez el hombre; pulóver blanco con el logotipo de marras, las gafas oscuras. *Corea del Norte*, explicó, *mira...*, y me señaló con orgullo la última foto.

Él era el primero a la izquierda, luciendo un traje que parecía prestado. Lo acompañaban ocho personas más, hombres y mujeres, vestidos con desabrida formalidad, mirando a la cámara con el entusiasmo y la rigidez de los que van a ser fusilados. En el centro del grupo, enfundado en su parda ropa monástica, la abofada cara cetrina, la falsa sonrisa de Buda benévolo, se destacaba Kim Il Sung, *Una recepción que nos dio a los compañeros del Ministerio...*, acotó el hombre, orgulloso.

Dejó sobre la mesa la pieza que limpiaba y extendió ante mi cara el brazo izquierdo, sacudiendo la muñeca. *Este Seiko, y aquella radiograbadora*, y señaló un bulto, cubierto con un pañuelo floreado, que descansaba sobre un pequeño y pulcro escritorio en una esquina de la habitación, *nos los regaló el Presidente Kinilsún, a cada uno de los compañeros, fíjate bien, ¡Kinilsún en persona!* Y su voz reverberó con euforia, el rostro animado por la calidez del recuerdo.

¡Ah!, y un sellito..., añadió entonces, apuntando con el dedo a la esquina inferior derecha del marco de la foto: un prendedor circular, rojo, con la silueta de Kim Il Sung destacada en rojo más claro, adherido al cartón, brillaba bajo la protección del vidrio.

Regresó entonces a su lado de la mesa, y se sentó frente a mí. La cabeza inclinada, comenzó a limpiar las piezas de la .45...

El hombre ahora estaba sentado, de nuevo, frente a mí. Estaba más viejo; el cabello, cortado con la misma severidad militar, casi al ras, era canoso, escaso. La cabeza inclinada, otra vez, se concentraba en terminar con las últimas cucharadas del postre, mientras los demás conversaban.

La sobremesa era animada. El tradicional almuerzo dominical había sido abundante, excelente, como siempre: arroz con pollo, fragante a ajos y comino, adornado con tiras de pimiento rojo asado, y punteado con verdes guisantes; plátanos maduros fritos, calabaza hervida —aderezada con mojo de aceite, cebolla y ajos—, y una enorme fuente de ensalada fresca, con tomates, lechuga, y aguacate. Al final, natillas de caramelo.

Me bebí el resto del dulceamargo café, coloqué la taza en el platillo, sobre la mesa, y dije, casi sin alzar la voz:

«Me voy a quedar en México…».

Mi madre continuó recogiendo la vajilla sin hacer una pausa perceptible. Solo el ligero temblor de un plato en su mano me dijo que me había escuchado con claridad. Desde la cabecera de la mesa mi padre me miró a los ojos con inquisitiva seriedad; pasados unos instantes, colocó las palmas de ambas manos a los lados de su plato vacío, golpeando con suavidad, como juez a punto de anunciar su veredicto: «Pues si crees que eso es lo mejor para ti, adelante…», rompió por fin el silencio. «Ay, Alex…», dijo entonces mi hermana mayor, levantándose de su silla; me abrazó, me besó en la cabeza y se paró tras de mí, las manos apoyadas sobre mis hombros, como para protegerme de todo mal.

Desde la otra cabecera de la mesa mi hermano me contemplaba con curiosidad, como si yo fuera un desconocido que había irrumpido en la reunión familiar; luego asintió con gravedad, y sonrió. Mi hermana menor comenzó entonces a parlotear, para encubrir su turbación y, con disimulo, enjuagó una lágrima. El hombre frente a mí había escuchado mis palabras con expresión inescrutable, y ahora me observaba en silencio.

Me levanté de la mesa, abracé a la vieja, la besé en la frente, y salí a la terraza. Me esperaban allí las azoteas grises, los tanques de agua, el bosque de antenas maltrechas, las ventanas vacías, el ladrar de los perros, los mil sonidos, el paisaje de toda mi vida. *Dale, que nos vamos...,* le escuché decir al hombre a mis espaldas. La esposa comenzó a despedirse de inmediato; besos, abrazos, *¡qué rico el almuerzo!,* mientras él se ponía la camisa que había dejado colgada en el respaldar de un sillón, y se iba al cuarto a recoger sus pertenencias.

Aun sin verlo, yo sabía de memoria lo que haría.

Tomaría de encima del closet su billetera y la colocaría en el bolsillo trasero derecho del pantalón de mezclilla, que ya tenía marcada la característica forma rectangular en la tela desgastada; las llaves del auto en la mano derecha, el dedo índice insertado en una de las argollas del llavero; la cajetilla, con los cigarrillos que invariablemente fumaba solo hasta la mitad de su longitud, iría al bolsillo de la camisa, y el encendedor al pequeño bolsillo derecho de los jeans. Por último, la Makarov, colgada de la cintura, atrás, bajo la camisa a cuadros.

Lo escuché acercarse.

Se detuvo a mi lado, y sacó del bolsillo de la camisa la caja de cigarrillos; me ofreció uno, tomó otro para sí, encendió el mío, luego el suyo, exhaló con determinación, y contempló nuestra cotidiana vista urbana, como si la viera por primera vez. Entonces, sin mirarme a los ojos, en tono bajo, pero firme, dijo:

Si no te quedas en México, eres un comemierda, pa´ que sepas...

Desayuno, muchacha y sábado, por supuesto, repleto de sol

La muchacha y yo llegamos a la puerta de la cafetería casi al unísono; yo con ligera ventaja, que me sirvió para abrirle la puerta, con mucho gusto, *thank you, you're welcome*. Un auto, con el motor funcionando, la esperaba.

Se rezagó hojeando unos periódicos que se ofertaban en un pedestal junto a la entrada del lugar y yo seguí hacia el interior de la cafetería. El muchacho que atendía el mostrador, los ojos dilatados tras unos enormes espejuelos de *hipster*, el brazo, ennegrecido por los tatuajes, y una expresión de alegría apropiada para una fiesta de cumpleaños, me saludó, amable; anotó en un pequeño bloc de páginas amarillas, con trazos ilegibles, lo que le pedí para desayunar; algo para mi hambre, que ese día era grande.

Por un momento temí que el muchacho de brazo negro no me estuviera prestando la suficiente atención; la vista se le escurría por mi costado, deambulaba, siguiendo con la persistencia de un radar algo a mis espaldas: la muchacha, que caminaba de un lado a otro, despreocupada, leyendo las ofertas del día, manuscritas en un pizarrón que colgaba de la pared tras el deslumbrado empleado.

Esos vaporosos vestidos playeros, tan sensuales, pensé, cuando la muchacha tomó por fin su lugar frente al *hipster*, que le habló, meloso, coqueteando en baja; en ella la indiferencia era tan notoria como amarillo era el halo de testosterona que envolvía el rostro festivo del dependiente de los espejuelos enormes.

Era diminuta ella; melena castaña, abundante; rostro de ángulos fuertes, boca grande, labios discretamente obscenos; cintura breve, sin mucha teta; muslos sólidos, y pantorrillas inusualmente delgadas para esas mezclas italo-irlandesas. Los pies finos, deliciosos, calzando sandalias; pecas, salpicándole la piel. Buen balance, concluí, y compadecí al muchacho del brazo negro.

Sin dudas, me gustaría olerla.

El cabello, que seguro estaría fragante por el baño matinal; debajo, en la nuca, pasear mis labios sin prisa; catar su aroma, susurrarle lo que la lujuria me trajera a la boca; levantarle el vestido, acariciar el vientre terso, probar la turgencia de los pezones, tantearle el bollo, mojarme los dedos, echar las pantaletas a un lado, abrirle las nalgas firmes —y pecosas, con toda certeza—, y meterle la pinga, sin preámbulos; que retara entonces mi pelvis a empujones, las manos sobre el mostrador, empinándose sobre los pies divinos, buscando altura, que ya dije no era alta, pero las mujeres menudas hacen milagros con la estatura para dejarse sodomizar; *así, cojones, dale, más duro,* me diría, y así le daría, que se viniera, poderosa, transpirando un vaho a adrenalina de hembra recalentada...

Tengo hambre, pensé.

La puerta de la cafetería se abrió; entró un hombre, que podía ser cinco, diez años mayor que la muchacha, y unos diez centímetros más alto. Se acercó, contemplándola con agresiva fijeza; extendió los brazos, con ademán teatral, y algo le dijo en voz baja, apenas conteniendo su obvio malestar, a ella, que con los brazos cruzados a su vez, lo miró impasible. No alcancé a escuchar qué dijeron, una y otro; tan decentes, que las ráfagas que intercambiaron fueron casi inaudibles. Pero sonaba áspero, a conflicto que, supuse, venía ya en camino desde hace buen rato.

«*So now you are in a hurry...*», fue lo último que dijo la pecosa, haciendo un sarcástico mohín, con labios que yo hubiera mordido hasta hacerles sangrar, y lo dijo con tanta suavidad como si hubiera dicho «No hay sábado sin sol»; el hombre, sin responder, le dio la espalda, y abandonó el lugar tan atrope-

75

lladamente como había entrado. *Eso no se hace, brother*, medité observando la elegancia de la mano de la muchacha al apartar un mechón de cabello que le había caído sobre el rostro. *Mucho menos comenzando un sábado*, completé mi nota mental.

Nadie pareció reparar en la breve discusión, excepto yo, y el *hipster*, que preparaba el desayuno de la muchacha y del hombre, mientras mi pan se terminaba de tostar.

Durante el fugaz intercambio el muchacho había alternado su atención entre la conversación ajena y un *bagel* integral, con queso crema, y otro, de cebolla, con *lot of butter, please, a lot*, le dijo entonces la muchacha, con dulce compostura; el *hipster*, eficiente, fascinado por la voz cantarina que hacía apenas un momento me había suplicado que le diera pinga, *bien duro, please*, untó al *bagel* una cantidad insensata de pastosa mantequilla.

En gesto involuntario me acaricié con los dedos los lugares en pecho y garganta donde se supone discurren esas gruesas arterias tan propensas al endurecimiento y la tupición. *Las damas suelen ser muy sutiles en sus venganzas*, consideré, y me estremeció el pensamiento de que pudiera haber tanta maldad detrás de tanta ricura.

El *hipster* levantó la vista de su faena, y me preguntó si iba a ver el partido; dudé un momento,

¿baseball or soccer?, que hoy todos están buenos. Y él que sí, de acuerdo conmigo, claro que sí; miró de soslayo a la muchacha, que a su vez observaba algo en su teléfono, ajena a nuestro diálogo; el dependiente mencionó entonces en casi impecable español los nombres de los equipos que jugarían, lo que me hizo pensar que estaba ante un probable colombiano; aprendiz de *hipster*, con un brazo negro por la profusión de tatuajes mal hechos. *Buenos partidos, así es*, le respondí y saqué mi billetera, disponiéndome a pagar.

La chica tomó la bolsa de papel marrón con su desayuno, y el del infeliz hombre que esperaba en el auto, y que sin dudas perdería la maravillosa oportunidad —es solo cuestión de tiempo, yo estaba seguro— de seguir mordiendo las redondas nalgas que abultaban bajo el algodón del vestido floreado. Se despidió —ingrata— con una apenas insinuada inclinación de su cabeza, y desapareció para siempre en la clara luz del día que iba creciendo allá afuera.

En otros tiempos, en las mismas circunstancias, la hubiera detenido; *Señorita*, la hubiera interpelado, *si me permite, tengo algo que decirle*; ella me miraría, algo sorprendida; con suerte para mí, quizás se detendría un instante, a escuchar que, *¿sabe?, el día es más hermoso tan solo porque usted anda por ahí, adornando la mañana...* De prestarme atención, y sin darle tiempo a determinar si lo que había escuchado era interesante o ridículo, le preguntaría entonces, *¿por qué tan seria en un día tan maravilloso?* Yo, que no tengo la menor habilidad para poemas y romances bien tejidos, pero que puedo lucir con sinceridad la más escogida de mis sonrisas tímidas, y desplegar la mejor disposición para escucharle sus historias y desventuras. Y ese sería, sin dudas, un buen comienzo.

Pero eran otras mis causas y prioridades; tan solo me regodeé con la vana idea de que aún podía olfatear un buen rastro. Sin embargo, eso no se lo dije al probable colombiano, disfrazado con espejuelos panorámicos y un brazo tan negro como un hematoma, que también había observado, pensativo, cómo la puerta se había cerrado detrás de la muchacha que se había marchado a desayunar con un idiota, sin hacernos el menor caso, y sin sospechar que dejaba detrás dos hombres enredados en la idea de hacerla sollozar de placer sobre el mostrador de la cafetería.

Pagué entonces mi orden, me despedí, y salí del lugar, con la esperanza de ver a la muchacha una última vez. Pero ya no estaba el auto: afuera solo quedaba un magnífico sábado, repleto de sol.

Frío

«The White Silence seemed to sneer».
The White Silence,
Jack London

La primera vez que sentí frío, fue leyendo a Jack London.

No se singan a nadie en esos cuentos formidables, debo decir. Al menos, no de manera explícita. Los personajes de esas historias viven en medio de páramos helados, y mueren por cosas simples: por no lograr encender el único cerillo que tienen, por ejemplo, y fracasar en hacer una hoguera salvadora en medio de una helada asesina.

Sobreviven, pues, con recursos exóticos, como peleándose a mordidas con un lobo moribundo, y bebiendo su sangre. O se empecinan en persecuciones absurdas, en lo más duro del invierno más cruel, para alcanzar a otro hombre, por razones de las que uno nunca se entera, solo para, con sus últimas fuerzas, meterle dos disparos en el pecho y verlo morir.

Supervivencia, muerte, violencia, pero, sobre todo, el esencial individualismo humano, tan americano, es lo que irradia de esos relatos. Son una oda a la perseverancia, a la tozudez de los que conquistan, a la esperanza del que pelea exclusivamente para ganar. Todo eso había, hay, en esos cuentos. Y por supuesto, frío; un frío terrible, frío en blanco y negro, un frío de pinga, aunque Jack London no lo dijera de esa manera. Pero, insisto, eso es prácticamente todo lo que sucede; como decía, no se singan a nadie ahí.

Una profesora de Filosofía Marxista me lo echó en cara en un examen semestral en segundo año de la carrera. Lo del individualismo, que le parecía atroz a su filosofía, no lo de la escasez de sexo en la literatura de London. De hecho no creo que ni remotamente le haya cruzado por la mente algo lejanamente sexual a aquella pacata y profesoral señora a la cual, ni siquiera en aquella hormonal época licenciosa, hubiera yo dejado que me la mamara, ni como último recurso disponible en el fragor de una orgía etílica.

Ellos son todo lo contrario de los marxistas, me dijo en aquella ocasión la profesora, sentada tras su escritorio en una bien iluminada y demasiado caliente oficina, desde cuyos ventanales se veía el anodino edificio de la facultad de Química y los árboles desnudos de un parque arropado en un manto de medio metro de nieve. Me lo dijo, señalándome con la pluma que sostenía entre sus dedos cortos y toscos, como si yo fuera culpable de que hubiera filósofos, pensadores y escritores con suficiente sentido común como para descartar la insensatez que el marxismo propugna acerca del colectivismo y la supresión de la iniciativa individual.

Pero tenía razón en parte la camarada, en lo que se refiere al estilo de Jack London. Es cierto que este escritor rinde culto a las posibilidades infinitas del individuo alfa, al igual que lo hicieron Spencer, o Nietzsche; pero a mí eso, la verdad, no me importaba. Los marxistas ya me parecían en esos tiempos tan aburridos como aquella su profeta, la profesora, mientras Jack London, uno de los ídolos de mis lecturas juveniles, ese sí que sabía cómo contar una historia, cómo hacerte sentir el frío.

Quizás le faltaron a London —¿a quién no?— cuentos posibles. La historia, por ejemplo, de cómo tres mineros buscadores de oro en Klondike, intoxicados por el áspero uísqui de centeno, violarían a una joven mujer a la vera de un reconfortante fuego, en el lindero de un bosque nevado a medio camino entre lugares sin nombre; cómo, a fuerzas de horas de penetrarla con las tres vergas hinchadas y vueltas a hinchar por el ansia de un bollo tibio tras meses de masturbaciones y sodomía en el aislamiento de sus campamentos; cómo, a causa de las golpizas que le propinaron a la joven para lograr su relajamiento y cooperación necesarias, le convertirían dicho bollo en una pulpa sanguinolenta, el esfínter en un disfuncional hoyo oblongo, y la cara en una informe máscara con apenas semblanza humana.

El escritor pudo haber imaginado —que imaginación le sobraba para ello y más— cómo los hombres despedazarían las tetas de la desvalida mujer, a mordidas, riendo como niños traviesos al escuchar el eco que, rebotando entre los pinos seculares, traería de regreso, filtrados por la nieve, los alaridos de la joven; la descripción pudo haberse extendido en detalle a cómo, una vez saciada su libido, los mineros degollarían a la muchacha, la destazarían, terminando la bella aventurera hecha piltrafa para los perros de los trineos, que dormirían esa noche satisfechos por la inesperada cuota de carne. Cuota racionada, pues, como hombres previsores, expertos en supervivencia, congelarían y conservarían una buena parte de la carne —excepto la cabeza, que arrojarían a un matorral, lejos del precario campamento—, para contar con provisiones frescas en su viaje río arriba. Jack London nunca contó algo así, pero yo siento que bien podía haberlo hecho.

La segunda vez que sentí frío entonces fue la primera vez que vi un charco congelado.

La calle estaba desierta, como casi cualquier calle de pasadas la medianoche. Era toda nuestra; caminábamos despreocupados, hablando demasiado alto, disfrutando la novedad del aliento blanquecino que envolvía las palabras y adornaba el aliento: un tropel de jóvenes, recién salidos de la adolescencia, y de una fiesta, saturados de aguardiente de enebro y sudores de *čardáš*.

Y yo estaba a punto de ser invitado, por una muchacha de castaña mirada serena, lacio cabello deslucido y boca demasiado ancha que parecía estar paralizada en una suave sonrisa, a ir su casa, a recoger unos libros que me había prometido desde hacía unos días, y a tomar algún refrigerio que incluiría salami húngaro, mostaza, *rochliky*, y un café turco; o sea, a irnos a singar.

«¡Mira, hielo...!», le dije entusiasmado, pisoteando con cuidado el opaco espejo helado. Ella lo miró con indiferencia; no había nada para ella en ese trozo de hielo que había sido lluvia vespertina. Y entonces fue que me invitó a su casa. A que me la singara.

Tenía la muchacha unas tetas voluminosas que abultaban, con la ayuda del sostén, bajo el oscuro suéter de cuello de tortuga. Resultaron, sin embargo, ser demasiados blandas; al acostarse en el sofá, las piernas abiertas mostrando un pelirrojo chocho minimalista y un ombligo tan profundo que parecía atravesarla, las tetas se deslizaron hacia los costados, perezosas bolsas delicuescentes que parecían buscar refugio en los sobacos.

Sus pezones eran de esos hundidos, pequeños, como monedas de a centavo, de color rosa pálido. Para el momento en que la muchacha parecía algo excitada, se proyectaron hacia afuera con timidez, endurecidos por el sofoco y por mi eficaz lengua; se habían activado, como esos termómetros que se insertan en los pavos al hornearlos, y que se disparan cuando ya estos están cocidos a punto.

El olor que despedía su piel era nostálgico, como el de la ropa que lleva demasiado tiempo colgada en un closet hermético. No era repulsivo, pero sí extraño; era más fuerte en el bollo, que olía francamente a mustio, a cosa olvidada, al aroma micótico que invade la nariz cuando se come huitlacoche, pero eso solo lo supe años después, cuando el frío ya no era importante.

El interior de los muslos, por donde le corrían abundantes sus fluidos, brillaba bajo la intensa luz de las lámparas de la sala de la casa. Una enorme mancha oscurecía la tela del sofá en el lugar donde habían reposado sus nalgas; se acomodó encima de mí a horcajadas, con movimientos cortos, empapando mis inglés, hasta que finalmente envainó mi pinga, que ya casi dolía por la prolongada erección. Tuve la extraña sensación de estar metiendo la verga en un vaso con natilla.

Sus pezones, a pesar de su poca área y escasa sensualidad, eran su lugar secreto, el interruptor para encender su libido. Libido difícil de leer, por cierto, discreta hasta el desespero: apenas un rubor en las mejillas, unas pinceladas rojizas en el esternón. Estaba la abundante lubricación, por supuesto, pero todo sucedía en medio de un silencio pasmoso donde su respiración era un susurro escasamente perceptible.

La muchacha se ajustó, moviéndose con lentitud, hasta que logró encontrar la posición que más le convenía. Comenzó entonces a balancearse, más con espasmos que con cadencia, buscándose sus secretos; se chupaba una de sus dúctiles tetas, y se inclinó, intentando empujar la otra dentro de mi boca. Casi me sofocaba, pues la carne blanda se expandía sobre mi nariz, impidiéndome respirar. Fue entonces que encontré el pezón y lo mordí con saña; lo sostuve entre mis dientes y jalé, como si le quitara la cáscara a un mango demasiado maduro.

El efecto fue instantáneo y asombrosamente efectivo: la muchacha entreabrió la boca enorme, dejando escapar la teta que se chupaba, y cerró los ojos. El rosáceo rubor, cuya intensidad subió un par de tonos, se extendió de su esternón hasta el cuello; se expandió, arrebolando su cara y tiñendo de rojo las blancas tetas. Con rigidez catatónica, permaneció inmóvil unos instantes, como quién escucha instrucciones. Le siguió entonces un ligerísimo temblor; la boca se le abrió un poco más, emitió un casi inaudible quejido y se desplomó sobre mí. Se había venido.

En ese momento, como si en el colmo de la discreción hubiera estado esperando su oportunidad, sonó estridente el timbre del teléfono que estaba empotrado en la pared justo a la entrada de la pequeña cocina.

Separé los dientes y solté el pezón, que sabía a sangre. Al unísono miramos el reloj que brillaba junto al televisor: dos y catorce minutos de la madrugada, *quién coño llamaba a esta hora*, pensé, y no sé qué pensó ella, que con un pase de sus dedos trató de componerse el cabello, como si alguien fuera a salir por la bocina del teléfono a comprobar si había logrado mantenerse peinada después de cuarenta minutos singando en el sofá de la sala de su casa.

Dudó un instante, pero al final se levantó sin particular apuro. Con grácil contoneo caminó hasta la cocina y respondió el teléfono, de pie sobre el frío suelo, de espaldas a mí. Sus nalgas eran anchas y poco firmes: una versión en mayor tamaño, y sin pezón, de sus tetas. Las piernas, cortas en proporción al torso, terminaban en pies que carecían de sensualidad, amarillentos, casi palmípedos, de una caprichosa forma romboide acentuada por unos pronunciados juanetes. Las pantorrillas eran fuertes, musculosas; muslos y caderas abundantes, bien proporcionados. Una verruga del tamaño de una pasa pequeña, del color del café aguado, destacaba sobre su omóplato izquierdo.

Me senté, tomé sus pantaletas del piso, y me sequé la baba que me empapaba los huevos y la pinga. Me levanté del sofá y me paré junto a la ventana del balcón; en el alféizar descansaba la pila de libros que había venido a buscar. Unas complicadas telarañas de escarcha habían crecido en las esquinas del vidrio; afuera, la noche blanca se difuminaba en una copiosa nevada.

«Es mi esposo», dijo con suavidad, parándose a mi lado; apoyó con delicadeza la cabeza en mi hombro izquierdo y se aferró a mi brazo con ambas manos. «Está tomando un taxi en la estación de trenes...», añadió. En la reflexión borrosa de la ventana se veía pequeña, frágil, casi indefensa. «Tenemos media hora, a lo sumo...», concluyó, acariciándome la nuca.

Pero la escarcha ya se había apoderado también de mis deseos: ya no me iba a venir esa noche. La joven me observaba en silencio mientras me vestía: calzoncillos, encima otros, largos, térmicos. Unos jeans, Lee, comprados en las tiendas de divisas a las que, en teoría no teníamos acceso los cubanos tampoco aquí; una camiseta negra, un pulóver blanco con el letrero «No a los SR-71», y un suéter azul prusia, de denso tejido, que olía a humo de cigarrillos y sudor. Medias gruesas, botas carmelitas de media caña, de piel, el interior forrado con lana artificial. Una parka caqui, con gorro cosido; bufanda, guantes y un último beso, en la boca ancha que parecía estar siempre sonriendo.

Me sorprendió cuando me abrió de nuevo el pantalón, bajó mi ropa de un tirón, se arrodilló, y me besó la pinga fláccida. Se incorporó, acariciándome por última vez. «Me gustó. Mucho...», dijo mirándome con sus ojos serenos. Otro beso, en los labios otra vez, esta vez el último de verdad. Abroché el pantalón, salí, y ella cerró la puerta a mis espaldas.

Treinta minutos pueden ser eternos o caber en un segundo; se pierde fácil la noción del tiempo, reflexioné mientras me ocultaba en un rincón del vestíbulo en penumbras para no coincidir con el hombre que se había bajado de un taxi, y que ahora subía las escaleras, apresurado, arrastrando tras de sí una maleta que golpeaba rítmicamente en los escalones. El taxi se perdía de vista, doblando por la esquina, cuando salí por fin a la noche helada.

Había parado de nevar. Las nubes apenas se movían, empujadas por una brisa ligera que yo sentía como un vendaval. Me ajusté los cierres del gorro del abrigo, y me cubrí la nariz con la bufanda, dejando expuestos solo mis ojos que, aún entrecerrados, comenzaban a lagrimear por el intenso frío. La nieve se quebraba bajo mis botas con crujidos de vidrio roto que sonaban escandalosamente indiscretos en la desolación de la madrugada. Arriba se iban descubriendo trozos de cielo, muy negro, punteado con indiferentes estrellas de hielo.

La luz naranja de un farol de alumbrado público iluminaba el marco de acrílico donde estaba el horario de los autobuses. Mientras pateaba con fuerza, marcando en el lugar un marcial paso de marcha para activar la circulación de mis pies que comenzaban a enfriarse, leí el anuncio para enterarme cuánto tiempo debía esperar por el próximo autobús. Levanté la vista: las nubes habían cerrado de nuevo filas; ahora eran rojizas, espesas. Estaba comenzado a nevar otra vez y los copos danzaban, ebrios, a la luz de las farolas.

Al marido de la muchacha serena le había tomado solo veinte minutos, no treinta, llegar a su casa desde la estación. Mi ángel de la guarda, o el de ella, había hecho además que el hombre llamara para avisar de su llegada —¿quién hace tal cosa?—, y que yo saliera justo a tiempo para no tropezarme con él. Todo bien hasta ahora, consideré con optimismo que necesitaba con desespero, pues el primer autobús de ese día pasaría a las 4:03 minutos de la madrugada. Mi reloj digital marcaba las 2:45 minutos. Y hacía un frío de tres pares de cojones.

El frío te viola poco a poco.

Toma primero los dedos; el cuerpo los entrega, sin vacilar, porque sabe que son sacrificables, que uno puede seguir vivo sin ellos. Que se pueden amoratar, congelar y amputar; no pasa nada. Con suerte, alguien se ocupará de alimentarte, masturbarte, limpiarte el culo, y aguantarte el rabo para que orines.

O no. Pero eso el cuerpo no lo sabe; ni siquiera le importa. Su misión, su problema, es que sigas vivo, no cómo vives.

El frío se come también la nariz y las orejas, tan prescindibles que el cuerpo renuncia a ellas sin resistencia alguna; pero eso es únicamente el preámbulo, la preparación ante el ataque masivo que se avecina.

Nuestro organismo brinda entonces una lección magistral de cómo retirarse de una batalla para que esta no sea la última. La sangre caliente es administrada con avaricia, conservada bien adentro, en los órganos vitales; es por ello que al sacrificio de dedos, nariz y orejas le sigue el holocausto de los pies y las manos que, una vez abandonados a su suerte, se van enfriando hasta alcanzar una insensibilidad de misericordia. Las mejillas también ceden; con la lengua tibia se percibe que los surcos entre las encías y los cachetes ya están más fríos que el resto de la boca. Los ojos comienzan a doler, lagrimeando sin control: es mejor mantenerlos cerrados, pero con cuidado: que no se le ocurra a uno dormirse, que no hay que ceder a la violación del frío bujarrón sin dar una buena pelea.

Las fosas nasales se estrechan para limitar la entrada de aire. Arden, y producen abundante mucus para tratar de contrarrestar el ataque en esta batalla que tienen perdida de antemano. Nunca los mocos le ganarán al aire helado: salen, chorrean, en valiente contraataque, belicosa agua salina, a combatir el frío asesino, pero terminan en la bufanda, en el dorso de los guantes, o siendo sorbidos, escupidos y desechados con desagradecida repulsión.

La respiración se va haciendo menos profunda; las inhalaciones son breves, para que no entre al cuerpo más aire helado que el necesario y para que, cuando salga, se lleve el menor calor posible de un cuerpo que ya está en franco estado de alerta.

Pero el frío, perseverante campeón de la entropía, abre más frentes de ataque. Lo próximo que reclama es la envoltura, la periferia del cuerpo. El flujo de sangre comienza a abandonar la dermis; los vasos se contraen, limitando el contacto de la sangre caliente con la carne helada. La ropa ya no es suficiente, los abrigos ya no parecen estar funcionando.

Uno tras otro se suceden procedimientos de emergencia; hay una compulsión que nos ordena permanecer inmóviles, no malgastar las reservas de energías, que se están disipando con rapidez. El cuerpo tiende a encorvarse, buscando la protección suprema de la posición fetal. Para ese momento, el fin no está lejos, pero uno no lo sabe.

Desde el interior de la caseta de plexiglás, cerrada por tres de sus lados, miraba caer la nieve. Puta nieve, puto frío. Ya no sentía los pies, ni las manos, y una suave somnolencia me invitaba a cerrar los ojos y descansar. No quería mirar la hora; encendí un ciga-rrillo, haciendo malabares con los dedos torpes, en-fundados en guantes ya inútiles: la única bocanada de humo que inhalé me heló los pulmones; tosí con vio-lencia y tiré el cigarro. Comencé a trotar en el lugar de nuevo, tratando de calentarme. Estaba comen-zando a perder la pelea, pero ni siquiera me daba cuenta de ello.

En la distancia, ya se asomaba el cadavérico rostro de la mortal indiferencia. Se acercaba con an-gustiosa lentitud, sus ojos amarillos creciendo, sal-tando de un lado a otro, deslumbrándome, hacién-dome bajar la vista. Finalmente, llegó a mi lado, lista para hacerse cargo de mi aterido cuerpo; se detuvo, entre vapores y estridencias de los frenos neumáticos, y las puertas se abrieron con un brusco golpe metá-lico.

«Suba de una vez, joven, que hace frío...», me gritó con tono severo el chofer del autobús que había llegado a las 4:02 minutos, con un minuto de adelanto, y que esperó, el motor ronroneando, a que fueran las 4:03 para seguir en su solitario trayecto por las gélidas calles llevando a su único pasajero: un tipo afortunado, a punto de desplomarse en la inconsciencia.

No tengo memoria del viaje, tampoco de cómo caminé los doscientos metros desde la parada donde me dejó el bus hasta la entrada del internado. Solo recuerdo que lloré por el dolor intenso de mis manos sumergidas en el agua tibia del lavamanos; que parecía que alguien me abría los pies con un cuchillo ardiente cuando la sangre comenzó a circular de nuevo; que mis ojos ardían, que mi nariz goteaba, incontrolable, que mis orejas parecían no estar allí; que tenía miedo tocarlas y que se cayeran como dos carámbanos.

Tomé un baño urgente, con agua que casi quemaba. Me movía con toda la rapidez posible, luchando contra un mortal cansancio que nunca antes había sentido, pero contento a la vez de ir recuperando el control de lo que el frío había ido arrebatando. Me acosté de inmediato: mi cuerpo me apagó, agotado, para poder dedicarse a repararme con calma, y me dormí sin siquiera fumar antes un cigarrillo.

Me despertó en la mañana el movimiento de otra persona bajo el edredón. Una boca ardiente tomó mi rabo, lo chupó hasta levantarlo y después continuó, con maestría que me resultó familiar, lamiendo, bordeando detalles, mordiendo, detallando, mamando, hasta que me vine en calma, sin excesos.

Mi novia emergió, sonriente, limpiándose la boca con el dorso de la mano. «¿Qué hora es?», pregunté alarmado, pues recordé que teníamos clases temprano ese día; la luz en las ventanas decía que al menos debían ser las once, pues en invierno a las nueve de la mañana aún no amanecía. «No importa, *milačko*», me respondió divertida, contemplándome con sus transparentes ojos azules, «está cerrada la *škola*. Hay 30 grados bajo cero...».

La miré, asimilando lo que me acababa de decir. Pensé en mi suerte, en Jack London y sus guerreros de invierno, y en que era mi ángel de la guarda, no el de la chica de castaña mirada serena, lacio cabello deslucido y boca demasiado ancha, el que había estado ocupado la noche anterior. «Por cierto», interrumpió mis pensamientos la muchacha, mientras encendía un cigarrillo y me lo colocaba entre los labios, «báñate, que hueles a ropa vieja...».

Fue entonces que me percaté de que, en el apuro de la huida, había olvidado los libros.

Historias de maletines

El día que mi hermano decidió agasajarme con una botella de ron Paticruzado, y una jarra de Cubanito, bastante picante, eran las 10 de la mañana, lo cual en sí es irrelevante; lo curioso es que estábamos en el Cerro, en la ciudad de La Habana, donde el picante, se sabe, es tan inusual como el cerdo en hogar judío; me señaló, mi hermano digo, en esa ocasión, como al descuido, una bolsa de mano que le acababa de regalar a la cuñada, es decir, a mi cuñada, negra la bolsa, blancas las letras que la decoraban, que decían «Me enamoré de La Habana» y, junto a ellas, una imagen difusa del Morro.

Mi cuñada terminó la mañana con un humor de perros, o de perras, cuando le dije a mi hermano que yo necesitaba esa bolsa, por favor, que allá en Europa no se ha visto nada así; mi hermano, generoso, me dijo *claro, llévatela*, y mi cuñada, *coño, pero es mía*, y se disgustó mucho, creo recordar. Esa conjunción de ron, jugo agri-dulce-picante de tomate, hermano generoso, y —no lo puedo asegurar, pero es probable— estómago vacío, me convirtió en un descarado, caprichoso pedigüeño, lo cual es inusual en mí, tan inusual como el picante en el Cerro y el cerdo en Jerusalén.

Por esa época estábamos convencidos de que el mundo nos quería, mucho, y que además, estaba pendiente de nosotros; me refiero a que el mundo amoroso quería a los cubanos en general, no a mi familia en lo particular. Era entonces casi un deber de patriota, una muestra de cubanía, una obligación de revolucionario, si se tenía la oportunidad de salir al extranjero, pues mostrar, —¿qué digo mostrar?, ¡restregar!, y eso, estentóreamente— nuestro origen; la idea era blandir nuestro gentilicio, lucirlo enhiesto, falo presto, a quien le interesara, y a quien no, qué cojones, también.

En esa guisa, pues se vociferaba en las conversaciones, más de lo cubanamente usual; se llevaban paquetes de frijoles negros en el equipaje; se colocaban sellos y banderitas cubanas en cualquier superficie disponible, y se hablaba mucha mierda.

Yo, privilegiado que era, allá en los dormitorios de la universidad, tenía las paredes de mi cuarto cubiertas de afiches con playas, una mulata, otra escena de playa, alguna palma, y la Catedral de La Habana, lo que le confería a mi *pokoj* un equívoco aspecto de agencia de viajes; lo único que desentonaba era mi compañero de cuarto, al cual regresaré en breve.

«Me enamoré de La Habana» fue entonces como un sueño cumplido sin haberlo soñado. Era la sofisticación, el *swing*, el cartel ambulante que, colgando en mi hombro, le diría a todos los que supieran español, o geografía, que yo y La Habana teníamos algo en común.

Dos semanas después de aquella la mañana ronera que terminó en un mediodía que no recuerdo con total claridad, «Me enamoré de La Habana» voló conmigo, a pesar de la cuñada y su disgusto, como equipaje de mano, durante once horas, con escala en Barajas, y continuando sobre media Europa en vuelo turbulento que fue causa de repentino malestar, para mi amigo H, que perdió su proverbial locuacidad, y para una espectacular rubia de Ciego de Ávila (¿cuál será el gentilicio de una rubia ojiazul y despampanante, de un caserío cercano a un pueblo cuyo nombre no recuerdo en la provincia de Ciego de Ávila?), belleza que en La Habana y Madrid se paseó por salas de espera, aduanas, escalerillas y pasillos de aviones, exhibiendo los mejores atributos que le heredaron sus antepasados celtíberos, y quizás alguna brizna bantú; curvas, senos y cosenos apenas contenidos por un ajustado vestido rojo, envuelta ella además en un aroma de hembra, almizclado, que iba dejando al pasar, junto con otra turbulencia, esa, la de nosotros, estremecidos por súbitos deseos de bufar y relinchar.

Decía entonces que por la mala fortuna de la última etapa de nuestro viaje, un vuelo a trompicones sobre esa bella Europa que desde las alturas se ve como tapiz bordado a mano, la rubia sabrosa se tornó en rubia delicuescente.

Y esa fue la circunstancia por la que yo, caballeroso por educación y en toda ocasión, tuve la oportunidad de sostenerla, mi mano derecha soportando la firme cintura, brevísima, a la rubia, ahora demacrada, deshidratada por los vómitos, el vestido rojo manchado, desajustado, como si viniera de noche de insomne cabalgata.

La ayudé entonces a bajar la última escalerilla de nuestro largo viaje; yo, solícito; ella, tambaleante, gemebunda, su brazo níveo tendido sobre mis hombros, su helada mano asegurada en mi mano tibia, y las dos apoyadas en mi hombro izquierdo, por el que cruzaba la correa de la cual pendía la también bamboleante «Me enamoré de La Habana».

El último recuerdo que atesoro de la mejor rubia que he tenido oportunidad de casi abrazar, es el olor que dejó en mi ropa: un hedor a sudor ácido y acre adrenalina. Tengo entendido que su viaje terminó en una facultad en remota ciudad donde tuvo un destino aciago como estudiante, lo que le valió un anticipado regreso a su caserío natal. Pero eso tampoco es relevante.

Lo relevante es que «Me enamoré de La Habana», por su parte, fue a parar al más alto compartimento de mi closet en mi habitación en el internado de mi universidad, habitación que compartía con un gitano de pocas palabras, avenido a costumbres de payos, que estudiaba ingeniería mecánica, apestaba invariable e intensamente a un miasma acebollado, denso y que, para mi mejor suerte, se marchaba puntual, cada fin de semana, a su pueblo de origen, a trabajar como guía para turistas que iban a hacer *rafting* en las aguas blancas y gélidas de los rápidos que descendían desde lo más alto de los Cárpatos, en los Montes Tatras.

Durante un par de años «Me enamoré de la Habana» me acompañó a uno que otro viaje; a la capital, a poblados, a aldeas, y a una pequeña ciudad cercana, donde un amigo dominicano tenía una novia santiaguera de Cuba, a la cual visitaba en unas barracas habitadas por cubanos de Cubatécnica. «Si quieres que te la mamen, ve al albergue de las villareñas; si quieres singar, ve con las orientales», fue la bienvenida que me recitó uno de aquellos jóvenes obreros que iban al extinto campo socialista a calificarse como operarios de máquinas herramientas y en procedimientos de la mediocre manufactura del CAME, a fornicar a destajo, a beber desaforada-mente, a comprar motocicletas, a ser antisociales a conciencia, indeseables por consecuencia, a hablar demasiado alto, a cocinar frijoles negros que traían en su equipaje, y a colgar fotos de su Comandante en las paredes de sus habitaciones, de sus pasillos, de sus entradas y salidas, en los murales de las áreas comunes, y en lo más profundo de sus cerebros de cubanos de gueto en país eslavo.

Sin embargo, ninguno de esos viajes, donde no pocas venturas, aventuras y desventuras tuvieron lugar —conservo una cicatriz en la cúspide del parietal, que me he detenido a acariciar con extraña nostalgia mientras escribo estas líneas, cicatriz que me quedó como recuerdo de un encuentro demasiado cercano con un grupo de mineros borrachos—, decía entonces, que nada hizo mella en la bolsa, ni dañó sus letras, ni rayó la imagen del raído Morro.

Fue a la sazón que JL apareció. Llegó desde Cuba a terminar un doctorado armado a retazos, pospuesto y retomado durante toda una década y ahora, por fin, determinado a terminarlo de una vez por todas. Y por cierto, lo terminó, lo cual es relevante.

En el ínterin, a pesar de la brecha generacional, fundamos buena amistad. A él, además, se le despegaron las suelas de unos zapatos enormes, adecuados a su desgarbada estatura de un metro y noventa centímetros. Se le acercaba su hora de regresar a la isla y, en un breve viaje a Hungría, se compró un maletín deportivo, de fuerte lona negra y discretos herrajes de aluminio anodizado, que me pareció sumamente conveniente para mis futuras necesidades de equipaje.

«Ahí están los zapatos...», me dijo el día justo antes de su regreso a Cuba, entregándome un recibo, y señalando un arco medieval de esos que, como una ceja, sobre una callejuela, unen dos casas opuestas, y que se pueden admirar en cualquier lugar en Europa, y en Forest Hill, Queens, Nueva York; arco que era en realidad un pasaje entre dos casas, convertido en zapatería pintoresca, como anunciaba una divisa en bronce y madera que se balanceaba colgando de una oscura barra metálica empotrada en la rústica pared de piedra, justo al lado de la maciza puerta que daba acceso a la torcida escalera que, en la sombra, se lograba ver desde la calle.

«OK...», le respondí, satisfecho por el trato que habíamos cerrado el día anterior y que consistía en que yo, cuando regresara a Cuba unos meses más tarde, le llevaría los enormes y feos zapatostes que podían ser Amadeo o Florsheim —daba igual, seguían siendo deformes y enormes— y que así mismo yo pagaría el importe de la reparación. Trato que además incluía un trueque en el que yo recibiría el maletín deportivo, de fuerte lona negra y discretos herrajes de aluminio anodizado y JL obtendría, a cambio, a «Me enamoré de La Habana».

Siento que es de los mejores negocios que he hecho en mi vida, pues por la módica suma que cobró el zapatero —nótese que era la época en que todavía se reparaban los zapatos, y no se botaban— obtuve un sólido maletín nuevo que, además, me gustaba sobremanera.

Adicionalmente, debo admitir que el impacto promocional y patriótico de «Me enamoré de La Habana» nunca fue tal; no recuerdo siquiera una alabanza o mención, ya fuera de un nacional o un extranjero, acerca de la bolsa, su letrero o el Morro. Nunca le dije a mi cuñada acerca de eso; presumo que estaría otra vez muy disgustada de haberlo sabido.

El maletín deportivo, de fuerte lona negra y discretos herrajes de aluminio anodizado, fue a parar al mismo rincón que antes ocupaba «Me enamoré de La Habana» en la parte superior del closet; allí permaneció hasta el día en que empaqué lo que me llevaba a Cuba en mi regreso definitivo o que, al menos, parecía definitivo en ese entonces, que uno tampoco es un oráculo.

Había recibido por mi graduación regalos de amigos que, sin ponerse de acuerdo, asombrosamente coincidieron en su elección: me obsequiaron objetos de vidrio. Vidrio artesanal, decorativo, diseñado, modificado y decorado con la adición de numerosos óxidos de metales de transición, que le daban a las piezas color, opacidad, les cambiaban el índice de refracción y, sobre todo, le adicionaban densidad, por lo que eran objetos, además de frágiles, particularmente pesados.

Decidí entonces que, en aras de conservar su integridad, pues debía llevar todo ese vidrio en el equipaje de mano, para lo cual el maletín deportivo, de fuerte lona negra y discretos herrajes de aluminio anodizado, era la opción ideal.

Eran más de cuarenta kilogramos empaquetados en un espacio breve, ya se sabe, la densidad; fue además una carga espantosa para llevar colgada en el hombro, de manera tal que la gruesa y áspera correa del maletín me dejó marcas y verdugones que alarmaron a mi madre cuando me quité la camisa en la sala de mi casa justo después de haber arribado, empapado en sudor, del aeropuerto; y de no haberlo hecho —quitarme la camisa— hubiera caído desmayado por el espantoso calor de La Habana.

El maletín repleto de cristalería fue también una sorpresa para aduaneros de tres países, cuando perplejos observaron que el contenido de mi equipaje de mano era totalmente opaco a los rayos X lo que, junto con el peso enorme del paquete, me confirmó que el porcentaje de plomo en el vidrio debía ser muy alto.

Esa circunstancia además provocó que tuviera que vaciar tres veces el maletín deportivo, de fuerte lona negra y discretos herrajes de aluminio anodizado, desenvolver los regalos, envolverlos otra vez, y colocarlos de regreso, para demostrar que era solo vidrio lo que llevaba, y no kriptonita.

Veinticinco años después volví a pasar por uno de aquellos aeropuertos, con un par de cristalinos souvenirs que compré en Murano, y un juego de tazas italianas para café expreso que compré en Praga. En esa ocasión los vidrios y cerámicas viajaron cómodos y seguros en mi equipaje mayor, en las entrañas del avión, sin daños para ellos ni para mi hombro. Vamos, que para algo tiene que servir la experiencia.

Pero antes de eso, posgraduación, siguiendo a aquel regreso que parecía, como ya mencioné, definitivo, vino la etapa del servicio social: entrenamientos, visitas a las provincias, los tiempos de Pinar del Río y el hambre; de Moa, polvorienta y terrible; Santiago de Cuba, fugaz y soleada. Y el maletín deportivo, de fuerte lona negra y discretos herrajes de aluminio anodizado, a todos esos lugares fue conmigo.

Me acompañó también cuando me mudé a casa de mi primera esposa, y de regreso. Y con la segunda, y de regreso de nuevo. Después, estuvo en un rincón, inmóvil, repleto de libros; la lona negra se tornó del gris oscuro y cenizo con que pinta el abandono. Allí permaneció hasta que, diez años después de haber sido comprado en un bazar húngaro, trocado por «Me enamoré de La Habana», arrastrado por salas de espera, aduanas, escalerillas y pasillos de aviones, casas ajenas y lugares que prefiero olvidar, fue vaciado de los fragantes libros amarillentos, llenado con regalos y documentos, y nos fuimos a México.

El maletín deportivo, de fuerte lona negra y discretos herrajes de aluminio anodizado sobrevivió todavía a un par de viajes más; visitó Cancún, en el sur, y rozó la frontera norte; me siguió, obediente, en diez mudadas de casa allende, en el «Lindo y Querido». Pero ya sus costuras se notaban distendidas, sus bordes gastados, sus detalles deshilachados, el aluminio de sus herrajes había perdido el lustre, cuando un día los zippers cedieron. Y lo tiré a la basura, sin la nostalgia y el remordimiento que ahora siento.

Se perdió el maletín, por apenas un año, la oportunidad de regresar a Europa, esa vez a España, viaje en que me sentía incómodo sin una maleta fiel. Sucedió entonces que, como empujado por un compasivo diablo cojuelo, deambulando Madrid, entré a un Corte Inglés; recorrí todos sus pisos sin otro propósito que no fuera mirar y manosear la mercancía. Así llegué al nivel más bajo, un sótano, adonde habían sido degradadas las liquidaciones; y allí, tirado en el suelo, en caótica mezcla con primos y parientes lejanos, ¡allí estaba otra vez!: un maletín deportivo, de fuerte lona negra y discretos herrajes de aluminio anodizado.

Lo compré sin reparar en el precio; dos días después regresó conmigo a México, y fue a parar al más alto compartimento de mi closet en mi habitación. Años más tarde, después de haber andado todo México, y más allá, cruzó por última vez la frontera norte junto con nosotros, llevando las escasas cosas importantes que nos llevamos a la nueva vida.

Fue revisado a conciencia por agentes de migración, destripado en una inspección aleatoria de equipaje en Dallas y, de nuevo, pasó por salas de espera, aduanas, escalerillas y pasillos de aviones; fue envuelto en plástico, pesado, escudriñado, vaciado y vuelto a llenar.

Ahora fue a parar al fondo de un closet, que no tiene compartimento superior, donde aguarda, paciente, en la oscuridad. Y yo, que lo quiero bien, que lo he arrastrado por tres o cuatro países, por lo bueno y lo malo, y en nombre de los que estuvieron antes que él, pues me lo quisiera haber llevado a mi juramentación como ciudadano de los Estados Unidos de América.

Pero me temo que un maletín deportivo, de fuerte lona negra y discretos herrajes de aluminio anodizado, pues no, creo que no me lo iban a dejar entrar...

Zafra

las putas

Las putas llegaban unos días antes que los macheteros y, con su llegada, se terminaba el Tiempo Muerto.

Llegaban a cuentagotas, sin el glamour de una *troupe*, ni la sombra de un proxeneta. Cada una por su cuenta, el equipaje escaso, la necesidad apremiante; arribaban en silencio, por caminos y guardarrayas, mujeres de la zafra.

Las cuarterías de La California entonces cobraban vida. Semanas antes de que el bronco silbato del ingenio anunciara el arranque de la bonanza, los haitianos —previsores— alistaban los cuartos a alquilar, acopiaban sábanas limpias, y claveteaban los camastros para que resistieran el embate de la temporada alta de cortar, moler y singar.

Eran trigueñas bonitas, las putas. Venían de Oriente, Guantánamo o Bayamo, lugares así. Oriente ya era en esa época tierra de migrantes: había miseria, mucho latifundio, y demasiados conucos empobrecidos; la gente salía huyendo, macheteros y putas. Un desastre. Pero la zafra vivía de ellos, de los jornaleros que venían a malvivir —que era mejor que no vivir— por tres meses; a ganar un poco de vales para comprar en la tienda del central; a ahorrar algo de dinero, para sus familias, y para poder además pagarle a las putas, cincuenta centavos por un palo desesperado.

A las putas las visitaban todos, pues no hay distinciones cuando se trata del deseo. Ron, calor, la noche y una mujer, tan simple como eso. Pero no había quién les aguantara más de unos minutos a aquellas mujeres, ¿tú sabes? Se movían con un frenesí que parecía auténtico, murmurando que tú eras el mejor macho que las había montado, y uno se lo creía, que aquello era de verdad, aquello que era apenas un poco mejor que una paja, y más caro, que cincuenta centavos era mucho dinero.

Dinero, que siempre escaseaba; los guajiros de batey siempre han sido pobres, eso se sabe. En la zona había gente rica, por supuesto; había algunos apellidos fuertes por aquellos llanos: Tarafa, del Busto, los González, los Zayas Bazán. Gente con dinero. Y los había además con alcurnia, como los Agramonte, o los Loynaz. Pero el tipo que mandaba en el central era un americano: Mr. Jánson.

El americano llegaba al ingenio en su avioneta, los lunes bien temprano, con un piloto amable cuyo español se limitaba a mascullar «senorita» y «*vaia-con-díos*», pero que al menos sonreía al decirlo.

Cada mañana mi viejo esperaba a Mr. Jánson en la cocina del *bungalow*; todos los días, apenas amaneciendo, con un cántaro de leche tibia, recién ordeñada. El hombre le ponía entonces un poco de la leche a un café carretero, asquerosamente aguado, y se lo tomaba despacio, recostado a la baranda del portal, mientras mi papá, con su cantarín acento antillano, le contaba las novedades de la peonada.

Mr. Jánson escuchaba con atención, fumando su primer habano del día; escuchaba, además, con respeto, decía mi viejo. Pero yo pienso que el americano lo que sentía era alivio de poder conversar en inglés con alguien que estuviera sobrio, allí, donde se tomaba más ron que agua, y donde se hablaba, a duras penas, el español mutilado de los campesinos.

Antes que dieran las siete Mr. Jánson se iba al ingenio, a su oficina; ocupaba la mañana en recibir capataces, reportes y revisar números. En las tardes sofocantes regresaba a su *bungalow*, a relajarse entre siestas y discos de Hank Williams, un vaso de whiskey a la mano. Y en la noche, hastiado de los mosquitos y el aroma dulzón de la molienda, se iba a La California, de putas.

O de puta, pues siempre visitaba a la misma —la puta del americano, la llamaban—. Lo hacía siempre a la misma hora, y duraba con ella el mismo tiempo. Animales de costumbres que son estos americanos. Y aunque no ocultaba sus visitas, nunca llevó a la mujer a la casa grande, ni nadie los vio juntos en público, excepto el día en que Mr. Jánson se subió a la avioneta por última vez, y ella lo acompañó hasta el hangar.

Ese día el hombre le entregó a su amante una carpeta, de piel gastada, con unos papeles dentro; *Good bye*, dijo entonces, le echó una última mirada al ingenio, a la puta, a mi padre y se subió a la cabina del aparato, donde esperaba el piloto, sonriente. *Vaia-con-díos*, se despidió este, y se fueron para siempre. Me lo contó el viejo, que estaba allí, y que esa misma noche mencionó por primera vez que había que irse de este país, porque todo se estaba yendo al carajo. Su último servicio como capataz de Mr. Jánson fue llevar a la puta del americano a que tomara una guagua para Holguín, o Manzanillo, un lugar así. Después dijeron que la mujer llevaba consigo el título de una casa en Santiago de Cuba, en el reparto Vista Alegre, regalo de Mr. Jánson, pero el viejo nunca confirmó ni negó el rumor, quizás por discreción o porque, simplemente, no lo sabía.

Pero eso fue después, justo antes de que llegaran los milicianos y todo se fuera a la mierda. Y antes de todo ello, pues yo me inicié con una de las putas.

Me llevó el americano, que esa noche estaba más achispado que de costumbre, y le pagó a la mujer cinco pesos, diez veces la cuota, para cubrir la iniciación y los ímpetus de mis quince años. Mi padre se enteró al día siguiente, cuando sus peones le contaron y, a pesar de las protestas de Mr. Jánson, le devolvió el dinero al americano. Después me hizo trabajar como un animal para ganar los cinco pesos.

«Un hombre mantiene a su familia, paga sus deudas, y después sus vicios, en ese orden», me dijo cuando le entregué al fin los cinco pesos, y me fui, con un par de billetes que me quedaron, otra vez a los barracones, a buscarla a ella, ansioso por su punzante olor a almizcle, a que me susurrara en el oído, una y otra vez, que yo era su macho. Cucha, se llamaba, y era hermosa.

Los viernes en la tarde Mr. Jánson volaba de regreso al lugar —Miami, dicen que era— de donde había llegado el lunes anterior. A pasar el fin de semana con su familia, se iba. Que tenía una familia hermosa, contaban; esposa sonriente, tres hijos, rubios, rosados, según le dijo el piloto de la avioneta a mi padre, en las noches en que se sentaban a tomar fresco en el portal de la casa del personal de servicio.

El viejo no bebía, pero el piloto lo hacía por los dos. El hombre comenzaba a beber ron el lunes por la noche, después de haber asegurado la avioneta en el

111

pequeño hangar que había al final de la pista de aterrizaje de arcilla, que mi padre mantenía libre de hierbas y obstáculos. Para el jueves al mediodía el aviador ya se había tomado media docena de botellas de Matusalem, que sacaba de unas cajas que conservaba en un rincón de su habitación; el jueves por la tarde se tomaba el último trago. Hacía entonces una pausa, que lo desintoxicaba lo suficiente para el viernes poder pilotear la avioneta de regreso a los Estados Unidos, y emborracharse de nuevo el fin de semana en algún bar de los cayos del sur de la Florida, pero solo hasta el domingo al mediodía, pues el lunes volaba de nuevo a Cuba.

Las putas cobraban cada quince días, al igual que los macheteros. Solo los clientes ocasionales, como yo, pagaban al momento del ser servidos. El resto, los habituales, tenían una cuenta abierta, cuya contabilidad llevaba Anderson, un jamaicano corpulento, mago de un solo truco —para asombro de todos hacía pelear, sin siquiera tocarlos, a dos gallos de papel sobre el suelo recalentado de los barracones—. De risa fácil y brillante dentadura, se decía que no perdonaba una deuda; que usaba brujería, que le jodía la vida a cualquiera; vudú, decían los haitianos con aire de enterados y expresión seria, pero la realidad era más simple: de ser necesario Anderson cobraba a puñetazos, y se rumoraba que algún que otro cliente renuente a pagar ya no había vuelto a verse por La California, ni por ningún otro lugar.

El asunto de ganar dinero era cosa seria, te digo. Solamente una vez vi buen dinero, y fue cuando el viejo levantó una cosecha de frijoles que se le dio muy bien. Se la vendió casi toda al dueño de la tienda, setecientos pesos le pagaron, ¡setecientos pesos!, y lo primero que hizo el viejo fue ir a la carnicería de los Basulto —que era un tipo medio loco que salía al patio de su casa, encuero en pelotas, y se ponía a gritar obscenidades—, y pagó lo que le debía, que era mucho, imagínate: éramos doce en la casa. Esa Navidad tuvimos de todo: manzanas, turrones, tasajo, de todo. Pero esa fue la excepción. La verdad, aunque no pasábamos hambre, había que contar los centavos.

Unos días después de que se fuera Mr. Jánson llegaron los milicianos. Cayeron como una plaga, invadiendo, profanando; instalaron en el *bungalow* un puesto de mando; decomisaron la tienda, la carnicería, izaron la bandera, esa rojinegra, y a nombre de su revolución nacionalizaron el ingenio, al que le cambiaron hasta el nombre. Después, en la noche, se iban a escondidas adonde las putas. Cuando llegó la quincena, y el negro Anderson les reclamó el pago, lo descalabraron de un culatazo de FAL.

Unos días después llegaron unos camiones. Allí las subieron a ellas, a esas mujeres trigueñas que desandaban los senderos de sierra y llano huyendo de sus miserias y siguiendo a sus macheteros. Dicen que se las llevaron a unas escuelas, donde les enseñaron a coser ropas y esas cosas, para redimirlas, para sacarlas del oficio que ejercían con tanta sabrosura, y convertirlas en aburridas mujeres costureras ganando un salario de mierda. Esa fue la última vez que la vi a ella, a Cucha: sentada en la cama del camión, con una mano se sostenía el pelo negrísimo, que el viento parecía querer arrebatarle, y con la otra, y una sonrisa, me dijo adiós.

Fue así que se fueron —que se llevaron— a las putas y, con su partida, comenzó, esa vez para siempre, el Tiempo Muerto.

los macheteros

Patato andaba por todos lados.

No podía ya cortar caña, porque estaba muy mayor, así que lo pusieron de mensajero. Traía medicina, cartas, llevaba recados y, cuando le compramos el boniatal al guajiro, pues Patato desenterraba los boniatos y los traía a la cocina del campamento.

Estaba difícil aquello, te digo. Ya había pasado un mes y era arroz y frijoles, frijoles y arroz, mañana y tarde. La gente estaba cabrona, y entonces fue que Patato vio el boniatal. Vino con la idea, «oye, que podemos cocinar boniato...», y no faltó hasta quien se prestara para irse a robar unos cuantos. Pero al final, pues éramos gente hambreada pero honrada. Le propusieron al guajiro comprarle el boniatal, y el hombre que lo sembraba para alimentar a sus puercos, pues accedió.

Patato iba a buscarlos en la mañana, con la fresca. Se hizo de un cajón de madera, y regresaba con él al hombro, repleto de boniatos. La gente decía que también aprovechaba el viaje y se templaba una potranca del guajiro, que por eso andaba con el puñetero cajón a retortero, porque lo necesitaba para subirse y poder alcanzar a la yegua.

Otros decían que no, que no jodieran, que Patato tenía historias, pero que no se templaba animales.

Replicaban los de más allá entonces que por qué no se llevaba un saco en lugar de un cajón, y las cosas terminaban como siempre, en el choteo y la jodedera. Eso sí, nadie le decía nada a Patato, porque el tipo era bajito y medio cómico, pero tenía un genio del carajo.

Tiempo después, en una borrachera de aguardiente Coronilla, se dijo que en realidad el muy cabrón se templaba a la mujer del guajiro de los boniatos. Que atrás del gallinero había un hueco en la cerca *pirle*, que la guajira pegaba el culo a la cerca y que por aquel hueco la metía Patato, que para eso era el cajón, para subirse, porque de otra manera no alcanzaba. Es que la gente se da dos palos y dice cada cosa del carajo...

Pero a mí Patato me contó otra historia, ¿tú sabes?, en aquellos turnos de madrugada en la fábrica cuando ya uno no tenía de qué hablar. Me hizo el cuento poco antes de retirarse, y de que lo matara una rastra, cuando borracho como una cuba cruzaba la Vía Blanca por el Malecón-sin-agua. Me dijo que, la verdad, él la metía por el hueco de la cerca, y que la mujer se la pisoteaba, «con los pies churrosos y llenos de tierra y tó...», pero que a él le gustaban esas cosas. Que nunca se la templó. Que, al cabo, *cualquiera tiempla*, me dijo, enigmático. Y yo, conociendo a Patato, le creí.

El caso es que un mediodía, como a los dos meses de estar a aquella dieta de arroz, frijoles coloraos llenos de bicho, y boniato, llegó Patato al puesto de mando, que estaba en el central Jobabo, a buscar correspondencia, y estaban todos los jefes almorzando arroz, frijoles negros, viandas, y fricasé de puerco. «Y cerveza, pariente. Friecita...», concluyó, y nosotros nos quedamos mirándolo, asimilando la magnitud de aquella cosa.

Al día siguiente amanecimos en el central. Yo creo que esa mañana al corte nada más fueron uno o dos militantes del partido, ya sabes, esos siempre con un miedo del carajo. La gente se agrupó en el patio del central y se formó una gritería, un motín se formó allí mismo; aquella tropa de tipos barbudos, sucios, agitando mochas negras con filos de plata; mambises parecíamos: daba gusto ver aquello.

Entonces salió el administrador del central, y el de la fábrica, que era también parte del puesto de mando, ya sabes, a tratar de calmar, pero qué va: había mucha hambre, ansias de tomar cerveza, y aquello siguió hasta que apareció un tipo que era del municipio, o del partido, una cosa de esas; pidió calma, prometió, convenció, y así después del mediodía nos fuimos a cortar caña otra vez, en el entendido de que, si no se resolvía el asunto de la comida, íbamos a regresar al central.

A los dos días mandaron al campamento un camión lleno de latas de carne, sardinas, frijoles negros, unos sacos de cebolla, unas bandas de puerco salado, y el rumor de que llegarían también unas cajas de ron. Nunca llegó el ron, pero lo que sí hizo falta fue alguien que supiera cocinar todo aquello, porque las mujeres que habían mandado del central eran unas sancocheras. Y fue así que me convertí en el cocinero del contingente...

El viejo, pensativo, hace una pausa breve; observa sus manos enormes, con las que dobló tanto hierro. La piel está arrugada, arrollada en pliegues, como si le quedara grande a la mano, ahora que los callos han desaparecido; mano buena de abuelo, amable, frágil.

117

...Entonces por fin llegó el día de irnos —continuó. Nos habían regalado un pulóver anaranjado, con el nombre del contingente impreso en el pecho, y nos dieron además sombreros nuevos, olorosos a yarey fresco, con una banderita cubana de papel, pegada a un costado. Nos íbamos en tren, a primera hora de la mañana, nos dijeron, y estábamos listos a esa hora en el patio del central. Primera hora de la mañana, pues un carajo.

El tren se apareció a las seis de la tarde. Un tren de carga; los vagones eran plataformas, con un borde de tablas, sin techo, ni nada. Y allí nos subimos. Pero apenas avanzamos unos kilómetros y la gente se volvió a amotinar. Unos cuantos lograron llegar a la locomotora; obligaron a los maquinistas a parar el tren, que regresaran al central o que les iban a caer a machetazos. Y otra vez nos vimos en el patio aquel, ya de noche, esperando por el mismo tipo del partido o el municipio que llegó, habló, prometió, convenció, compañeros, los recursos son limitados, la revolución, las carencias, el sacrificio, el esfuerzo, comprendan la situación, en fin, mierda y media. Y la gente se subió al tren de nuevo.

Tú sabes que el papelazo no es lo mío; ese aspaviento de amotinarse, hacer regresar al tren, para al final subirse otra vez porque el tipo aquel dijo esto o lo otro. Así que yo cogí mi maleta y, cuando salió la guagüita con la gente del turno de la madrugada del central, me fui a la terminal de ómnibus en Holguín. En la mañana sale una guagua para La Habana, y hay un par de asientos vacíos, me dijeron allí. Dieciocho pesos. Tú sabes, dieciocho pesos de la época, que para un tipo con mi salario era mucho dinero. Pero yo estaba loco por llegar a la casa, y así fue que, quince horas más tarde, pues ya estaba en La Habana.

El tren llegó a La Habana tres días después. Ni te puedo decir lo que parecía aquella gente después de tres días a intemperie, al sol, sin bañarse y casi sin comer. Les dieron unos días libres; cuando al fin regresamos a la fábrica, nos encontramos con la noticia de que los de la administración, los del puesto de mando, estaban de vacaciones en casas en la playa, con sus familias, por el sindicato, «como premio por la labor realizada», nos dijo Patato, que se las sabía todas. Y aquello entonces se puso de pinga.

La gente ya le había cogido el gusto a los motines, que a veces funcionaban, y a veces no, y se negaron a echar a andar la producción en la fábrica. Llegaron entonces personas del ministerio, del partido municipal, del sindicato, hicieron una asamblea general, y dejaron hablar a la gente, que dijeran lo que querían decir. Entonces tomaron la palabra los de la tribuna y, otra vez, compañeros, los recursos son limitados, la revolución, las carencias, el sacrificio, el esfuerzo, comprendan la situación, pero miren, vamos a hacer una actividad, para que traigan a sus familias, y habrá cerveza, música, carne de puerco, congrí y mariquitas.

Y los hombres se alegraron, y hubo hasta un tibio aplauso.

Entonces fue que se paró un tipo, de los que habían venido del Partido; habló, regañó, fue subiendo el tono, hasta que dijo que negarse a trabajar, compañeros, era contrarrevolución. Y así, con esa palabra que siempre ha sido conjuro y anatema, terminó el tercer motín. La gente en silencio, fue abandonando la asamblea, con la mansedumbre del rebaño que sale del redil, o que entra en él; solo se escuchaba el ruido de los bancos de madera, el rumor de los pies arrastrados, cuando Patato gritó que a él sí que ni pinga, y los de la tribuna, el administrador, el orador del partido, preguntando que qué fue eso, mirando nerviosos a la gente que se reía a carcajadas, pero no vieron a Patato; qué coño iban a verlo, si no medía ni metro y medio el tipo aquel.

Yo me retiré unos años más tarde. Después de aquello, más nunca fui a movilizaciones ni a trabajos voluntarios ni a nada de eso. Tampoco hubo más motines, y la gente siguió yendo a cortar caña como si no hubiera pasado nada. El contingente de macheteros se convirtió en brigada millonaria; comenzaron a darle casas en la playa como premios a los más destacados, y dicen que hasta la comida era un poco mejor en los campamentos; si bien, por supuesto, no tan bien cocinada como en mis tiempos.

Me contaron también que la única vez que regresaron al central Jobabo una mujer llegó un día a la cocina, con un saco de boniatos de regalo, y preguntando por un señor, bajito él. Que cuando le dijeron que había muerto, viró la espalda y se fue sin decir palabra. Y que ya no regresó más.

Llueve en La Habana

«(…) si bastara una canción
para devolverte todo (…)»
Carlos Varela

La calor agobiante, que es el calor hembra, el primigenio, y la humedad opresiva, ambos, que son los eternos acompañantes del habanero.

Ni siquiera una ducha fría me alivió de la claustrofóbica sensación de estar respirando eso que, más que aire, parecía vapor de agua. Froté mi cuerpo enjuto con la toalla, deshilachada, y sudaba. Pasaba la apenas toalla, absorbía apenas el agua, e inmediatamente brotaba el sudor, como si fuera obligatorio tener la piel mojada. Y de nuevo, y de nuevo, y de nuevo, hasta que salí con urgencia del baño y me senté, desnudo, frente al ventilador.

El ventilador es un Órbita, heroico aparatejo cuyo destino original se dice que era ayudar a descongelar los refrigeradores soviéticos cuya marca es el glorioso nombre de Minsk, el cual yo asociaba a novelas sobre la épica de la Segunda Guerra Mundial, y que seguramente algún soviético concibió; el refrigerador, para ser usado a la intemperie, en el invierno de la *taigá*, y por eso eran incapaces de descongelarse por sí solos en esas condiciones, y precisaban de la ayuda de un ventilador externo; pero ni a los cubanos que fueron a negociar la «compra» de los refrigeradores, ni los bielorrusos que se los «vendieron», se les ocurrió que en este ambiente cretácico de treinta y cuatro grados centígrados y noventa y cinco porciento de humedad relativa, los refrigeradores en realidad casi necesitan otro refrigerador para poder enfriarse; el descongelamiento, por su parte, está garantizado. Error de apreciación que hizo que, como el comité en cada cuadra, en cada casa hubiera un Órbita. Y agradecidos por el error, la verdad.

Y, para colmo, pues llovía allá afuera.

Me mantenía pendiente del zumbido bronco del ventilador, que era señal inequívoca de que todo iba bien. De cambiar el sonido, y escucharse un repentino tableteo, sería porque la tuerca plástica, que está acoplada al eje sobre el cual se ajusta la inclinación vertical del ventilador, se ha aflojado de nuevo. Cuando eso sucede, el cabezal del ventilador se inclina, como avergonzado, vencido por las circunstancias de su diseño mediocre, por los pésimos materiales con que está construido, y por la fuerza de la gravedad, y entonces las paletas comienzan a golpear con desesperación el cuerpo del aparatucho.

Cierto que esas aspas tienen cierta flexibilidad, y no sufren demasiado daño con el golpeteo. Pero todo el proceso tiende a alterar el equilibrio del desgraciado ventilador, que suele desplomarse entonces porque, además, el área de su base es demasiado pequeña. El resultado es que de inmediato cae al piso, o sobre una cómoda, poniendo en riesgo los objetos de adorno y tocador que están sobre ella y que se han conservado intactos por décadas gracias al cuidado de mi madre.

Al pataleo le siguen unas convulsiones frenéticas, del ventilador, no de mi madre; ella quizá solo perdería la compostura momentáneamente, dejando escapar un par de sibilantes y ácidos epítetos dirigidos a los rusos, sus ventiladores, y al eterno verano. El ventilador, por su parte, pues en esos casos es recuperado con rapidez, apagado o, si ya carece del botón que regula su funcionamiento, es desconectado de la toma eléctrica; se reajusta el cabezal, se aprieta la tuerca plástica, se reconecta el aparato, y todo comienza de nuevo.

Una solución definitiva para evitar ese desafortunado evento es inmovilizar la articulación, el eje y la tuerca, envolviéndolos con cinta eléctrica o, en casos más drásticos, con alambre, por lo general obtenido de una preciada percha que se sacrifica para ese propósito. El resultado es un ventilador que pierde todos los grados de libertad y que sopla, ahora en una rigidez absoluta, en una sola dirección. Pero que nunca más, téngase en cuenta, perderá el equilibrio: se convierte, de hecho, en una metáfora del inmovilismo.

El caso es que, probablemente, para cuando estuviera todo en orden, ya yo estaría asquerosamente sudado otra vez.

Sentado entonces, con la cabeza inclinada, disfrutando la brisa cubano-bielorrusa que me refrescaba el cabello húmedo, los brazos relajados, apoyados sobre las rodillas, vi en un rincón los zapatos que iba a usar ese día; una suerte de mocasines, sin cordones, baratos, de vinil beige que ya se notaba cuarteado después de solo tres o cuatro puestas, y en cuyas suelas ya habían aparecido unas grietas transversales.

Pensar en las grietas me hizo levantar la vista, mirar a través de la ventana, al torrencial aguacero, suspirar con resignación.

Porque el plan de esa tarde era llegar a un concierto de Carlos Varela que, de no haber apagón, sería en el teatro de su tocayo Marx. A pesar de aguaceros, y de La Habana. La Habana que es áspera, sucia e innavegable en días y noches secas, y que, sin embargo se suaviza en la lluvia. El gris opaco adquiere lustre, las escasas luces se multiplican en los charcos, y el olor mejora; ese olor terroso y fresco de la lluvia, que ni la Ciudad en franca descomposición puede vencer.

Pero en lo que La Habana no cede es en su navegabilidad. Jamás. Ni siquiera, o mucho menos, en una tarde de aguacero que arrastra la inmundicia humana a las alcantarillas vetustas, las atora con desechos irreconocibles, e inunda las calles, las aceras, los desolados jardines, llevando consigo escombros y licuando con eficiencia la omnipresente mierda de perros; la lluvia, que siempre deja a la Ciudad con aires de damnificada. Pero eso será mañana. Ahora, decía, ahora relucía bella la Ciudad, porque la lluvia y la oscuridad le sientan bien a La Habana, aunque por eso no sea menos sórdida.

Hay que andar la Ciudad entonces a guagua, porque no era tarde-noche para bicicleta, *una lástima*, pensaba pensando, durante la caminata hasta la Calzada de 10 de Octubre a buscarla a ella, a mi novia; pensaba en la espera que nos esperaba, por la ruta 37; en las pieles ajenas y pegajosas, en el tufo mohoso de la ropa mal secada, en el vaho de los cuerpos desaseados y, por supuesto, en todo el sudor que me va a empapar. La bicicleta, vamos, se extraña en La Habana en una tarde-noche de lluvia.

«Te mojaste...», me dice, y no supe si había sorpresa o ternura en su voz, que me confunde. Yo miraba a la lluvia inclemente, que estallaba en diminutas estrellas sobre el pavimento oscuro, mientras sus dedos, largos y elegantes, iban dibujando una línea desde mi sien a mi barbilla y allí, con la suavidad de los foliolos de una dormidera, se cerraron, acaparando toda mi atención, y se me olvidó que llueve.

Ella tiene ese efecto. Eso, y la risa, que parece la de una campana loca en día de fiesta mayor. Y tiene más. Las nalgas rotundas, por ejemplo; abundantes, inabarcables cuando el deseo apremia. Y las tetas, mullidas, siempre fragantes, sin asomo de la peste a sudor con que el verano perverso y traicionero les impregna el surco entre los senos a las damas del trópico; sus tetas, las de ella, son dulces, sin ese extraño sabor a aldehídos acebollados de las tetas sudadas. Ella siempre huele fresco, quizás a talco. O a flores, de las que se abren de noche. Y a piel de hembra. Es eso, piel de hembra. Definitivamente.

Pudiera seguir escribiendo sobre ella, pero no es el momento. Más tarde, quizás. Ahora tengo que hacerlo sobre la 37.

La ruta 37.

La 37.

Ruta de ómnibus que fue parte de mi vida, ruta que conozco desde que tengo uso de razón. Es uno de los dos cables que atan a la barriada de Santos Suárez con El Vedado, y el mar. El otro es la ruta 174. Me atrevo a afirmar que todos los que han vivido en Santos Suárez y la Víbora han usado esos dos *lifelines* que llevan a la vida sabrosa, a la nocturna. Todos.

Es entrañable la 37. Una vez piropeé en una 37 a una muchacha que llevaba un reloj enorme, *se parece al reloj de la CUJAE*, le dije, y me respondió con pena en la voz —juro que era pena genuina— que iba a encontrarse con su novio.

En esa guagua encontré trovadores, comediantes, a gente famosa, y a una alegre mujer demente, que reía siempre y siempre hablaba en retruécanos; avanzaba por el atestado pasillo hacia el fondo del bus, saludando a todos; de repente tomaba entre sus dedos huesudos las orejas de algún hombre —que la miraba ceñudo—, observaba pensativa al techo de la guagua, tentando el lóbulo de la víctima de turno, y diagnosticaba dimensiones y libido. «Este la tiene grande, pero flojita…». La 37 entonces se estremecía de risas, y el viaje era más corto.

La 37 era toda una institución.

La ruta fue servida por ómnibus Ikarus, aquellas guaguas rojas y húngaras de las que Fidel Castro, en el colmo de la ingratitud, zorro ante uvas ya fuera de su alcance, dijo, cuando se desplomó el campo socialista, que ya no las queríamos, a las Ikarus —como siempre, hablando en mi nombre, sin preguntarme primero que pienso, el muy hijo de puta— porque necesitaban una refinería de petróleo para ellas solas, dijo.

Fueron también 37 las toscas Girón; guaguas que eran sofocantes cajas metálicas, ruidosas, sin la menor vocación ni intención de proporcionar comodidad. Y las Leylands, aquellas guaguas, creo que británicas, que tenían una ridículamente pequeña caja de cambios de velocidad, que silbaba y bufaba bajo la mano del chofer, y que yo observaba fascinado cuando de niño me llevaban a tomar clases de natación en el Parque Martí, clases en las que por fin aprendí a nadar gracias a un profesor que debió haberse hartado de mi abulia y que un día me tomó de la mano, me llevó hasta el borde del tanque de clavados, y me lanzó al agua. Y mientras yo moqueaba, lloraba, y braceaba para no ahogarme, lo veía a él, en el borde de la piscina, gritando, probablemente animándome, a su manera, posiblemente diciendo que nadara, de una vez, *coño, nada hasta aquí, cojones, que tú eres un hombre*. Y a su espalda, los ojos enormes y azules de mi madre que miraba, espantada, desde el otro lado de la cerca Peerless.

La 37 comenzaba su viaje en la Víbora. Serpenteaba por Santos Suárez, y salía por fin a la nefasta 10 de Octubre. Doblaba a la izquierda en San Lázaro, en su intersección con Infanta. El lugar, donde había una pizzería de aromas deliciosos, una ostionería

siempre llena de bebedores, y un parque nota-
blemente feo. Era el sitio donde siempre veía,
siempre, además, la figura del Caballero de París, con
su increíble melena, la ropa astrosa, y su halo de paz.
Esa intersección siempre me pareció una compuerta,
por la que uno entraba para dejar detrás la grisura de
los barrios, y veía allá arriba, en la colina, el
resplandor de El Vedado.

Seguía la 37 el viaje por la calle L, y se sucedían,
con rapidez caleidoscópica, la Universidad, el Hotel
Colina, el Habana Libre, Las Bulerías, Coppelia y la
multitud, la imagen fugaz de la Rampa loma abajo, y
el mar; el cine Yara, Vita Nuova y las colas, el Pío
Pío y, al fin, la calle Línea: tan moderna, tan impo-
nente, tan limpia, aun cuando estaba sucia.

Línea y el viaje de la 37 terminan en el mismo
lugar: a la orilla del río, a la entrada del túnel. La
calle Línea es tan avasalladora, luminosa, que toma el
túnel para sí, lo bautiza, y le gana en ese empeño a su
hija bastarda: la amplia, señorial y aburrida avenida
31, que comienza del otro lado del río. Línea no cru-
za el río porque no le hace falta; llega, como la 37,
justo hasta el Almendares, y se regresa. No necesita
más.

Justamente allí, en el Túnel de Línea, nos baja-
mos, mi novia y yo. Caminamos, sorteando negros
charcos y arroyuelos oportunistas, hasta el otro túnel,

el de Quinta Avenida. Lo pasamos a pie —quizás fuera el último lugar seco en La Habana esa noche— y anduvimos las umbrosas y silenciosas calles de Miramar, en busca de aquel manchón de luz blanca del teatro; yo, en plena comunión con la Ciudad y sus excrecencias, pues mis pies estaban empapados por el agua gris y arenosa que entraba, y salía, libremente, por las grietas de las suelas de mis zapatos. Ella, una luciérnaga ansiosa.

Carlos Varela, gnomo negro tocado con sombrero hongo, nos arrullaba. *Me gustan sus letras*, pensaba, *son cosas cotidianas,* me decía, de las que te rodean y ni te percatas, o de las que dejas detrás a propósito, como la muchacha que vi en la entrada, seguí pensando, mojada por el aguacero, una enorme mata de pelo crespo, y que se moría de frío en el vestíbulo, los pezones duros, empujando la tela de su blusa blanca, señalando a un tipo que, con gafas a lo John Lennon y estilizada camisa militar con un bordado de flores en la espalda, le hablaba con afectada y doctoral seriedad sobre algo tan importante que obviamente no le permitía arrastrarla a un rincón y hacerla temblar de calor, que era lo único que parecía lógico hacer. *¡Y qué pezones!*, seguí pensando, mientras Carlitos Varela anunciaba que Pedro Luis Ferrer está en el público; nos saludó, pero no podía cantar, estaba castigado, lo castigaron a no cantar por hablar, *qué mierda*, y me abrí camino con mis dedos curiosos entre la tela de la blusa y la piel tibia; ella se rió quedamente —por suerte— y se acomodó a mi caricia, mientras yo desgranaba su pezón de terciopelo y escuchaba Jalisco Park.

La noche que nos esperaba allá afuera era transparente, el cielo rojo. Ya no llovía en La Habana, y nos fuimos en la 37, lentos, saboreando la soledad y la medianoche, a casa. A su casa. Su casa que está en Luyanó, encajada es una caprichosa torcedura de una calle estrecha, desnuda, con espacio apenas para una acera furtiva, angosta, sin canteros, ni jardines que hagan el gris más amable; solo paredes, ventanas enrejadas, y más paredes, en una calle sombría y misérrima.

Luyanó. Mi hermano vivió en Luyanó, por cierto, en la calle Rodríguez. Yo iba a visitarlo con frecuencia; caminaba exactamente veinte cuadras; igual lo hice aquel día —no llovía ese día— en que un muchacho, sentado en el muro de un portal, me increpó, algo me dijo, y no sé bien qué dijo, pero era algo que requería respuesta inmediata, o tendría que enfrentar graves consecuencias, eso yo lo sabía, yo tenía que garantizar mi derecho de paso por aquella calle, para seguir visitando a mi hermano y a aquel anaquel repleto de libros interesantes; había que responder rápido, *oye, ¿qué cosa es, qué pinga te pasa?*, y quedaron así conjurados un buen número de problemas, chamaco de Santos Suárez en Luyanó,

133

navegando con suerte porque dio la respuesta correcta, aunque le temblaran las piernas.

«Me tiemblan las piernas...», me dice ella, la boca húmeda, entreabierta. Jadea, intensa, en mi cuello, y su aliento abrasa. «Dale, anda, bésame...», me dice; sus dedos reptan en mi cabello empapado y lo agarran con fiera suavidad. Y yo, me pierdo en ella.

La ropa húmeda está por todas partes, se nos enreda en los pies fríos. Un ventilador Órbita, atado con alambres a una oscura repisa, vibra agobiado por el vano empeño en mover el espeso aire en la diminuta sala de la casa.

Ella me toma de la mano; me lleva junto a la ventana, de prisa; me da la espalda, brillante por el sudor; se apoya en la pared, se arquea, y me mira por encima del hombro; sus ojos enormes, que apenas distingo en la oscuridad. Toma mi asta hinchada en su mano ardiente; se explora con ella, me guía, *así, ven, así,* me dice, un susurro apenas. Se encuentra, y gime, se estremece; las nalgas firmes, húmedas, se aceleran, golpean mis muslos con la insistencia de las olas al arrecife. Las manos abiertas, en la pared, abiertas como flores. El grito, que se adivina en la oscuridad. *Así, ven, así...*

Afuera, en La Habana, llovía otra vez. Adentro, ella gritaba, en silencio. Afuera, la lluvia tocaba en el vidrio de la ventana con mil dedos impacientes.

Adentro, a mí se me olvidó que llovía.